I0782077

In Liebe

# LUCINDA BRANT BÜCHER

*— Die Roxtons – die frühen Jahre —*
DER EDLE SATYR
SEINE HERZOGIN
IHR HERZOG
IHRE GNADEN


*— Roxton-Familiensaga —*
HEIRAT UM MITTERNACHT
HERZOGIN DES HERBSTES
TEUFELSKERL DAIR
DIE STOLZE MARY
DER SOHN DES SATYRS
IN LIEBE
HERZLICHST


*— Salt Hendon-Serie —*
DIE BRAUT VON SALT HENDON
RÜCKKEHR NACH SALT HENDON


*— Alec-Halsey-Krimis —*
TÖDLICHE VERLOBUNG
TÖDLICHE AFFÄRE
TÖDLICHE GEFAHR
TÖDLICHE VERWANDTSCHAFT

# ÜBER DIE AUTORIN

Wenn ich nicht in meiner Sänfte durch das London des 18. Jahrhunderts schaukele oder mit parfümierten Hofleuten mit Schönheitspflästerchen in den vergoldeten Salons von Versailles den neuesten Klatsch austausche, schreibe ich preisgekrönte historische Liebesgeschichten und Krimis (die auch ihre Liebesgeschichten enthalten) aus der georgianischen Zeit. Meine Bücher spielen im georgianischen England des 18. Jahrhunderts, mit gelegentlichen Ausflügen auf den europäischen Kontinent. Ich lege die Zügel bei der französischen Revolution, wo ich ein früheres Leben wegen meines unverzeihlichen hedonistischen Lebensstil als faule Aristokratin beendet habe, nieder.

| | | |
|---|---|---|
| lucindabrant@gmail.com | | lucindabrant.com |
| pinterest.com/lucindabrant | | twitter.com/lucindabrant |
| facebook.com/lucindabrantbooks | | youtube.com/lucindabrantauthor |

# ÜBER DIE ÜBERSETZERIN

## SUSANNE DÖRING

Bücher waren immer mein größtes Vergnügen; indem ich sie übersetze, kann ich sie auch mit denen teilen, die lieber auf Deutsch lesen. Ihre Meinung ist mir wichtig, Sie erreichen mich unter:

werrakind@gmail.com

# In Liebe

## Die Roxton'sche Korrespondenz
### Band Fins
#### Eine Ergänzung zur Reihe der Roxton—Familiensaga

# Lucinda Brant

### Übersetzt von Susanne Döring

A Sprigleaf Book
Published by Sprigleaf Pty Ltd

Dies sind Briefe zu Romanen; Namen, Charaktere, Orte und Ereignisse
entstammen der Fantasie des Autors oder werden fiktiv verwendet.

*für*

*meine Leser*

# INHALTSVERZEICHNIS

# BRIEFE ZU HERZOGIN DES HERBSTES

# Vorwort

*Von Ihrer Gnaden, Alice-Victoria Edwina Hesham, 10. Herzogin von Roxton, anlässlich des 200. Jahrestages der Hochzeit von Antonia Moran mit Renard Julian Hesham, 5. Herzog von Roxton.*

Mit gewaltigem Stolz und großer Befriedigung lege ich diese, die ersten von einer zweibändigen Sammlung von Briefen vor — eine Auswahl der Korrespondenz meiner geschätzten Vorfahren und Personen, die in ihrem Leben wichtig waren.

Die Veröffentlichung des ersten Bandes soll anlässlich des einhundertfünfzigsten Jahrestages der Eheschließung meiner französischen Ahnin, Antonia Diane Moran, Enkelin des jakobitischen Generals James Fitzstuart, des 1. Earls von Strathsay, mit Renard Hesham, dem 5. Herzog von Roxton, dem Urururgroßvater meines Ehemannes, des derzeitigen Herzogs von Roxton, dessen Vornamen er mit Stolz trägt, erscheinen.

Diese Sammlung kam unter den überraschendsten Umständen zustande und es wäre ein Versäumnis, wenn ich nicht erwähne, was in den Zeitungen berichtet wurde, nicht nur hier in England, sondern auch auf der anderen Seite des Atlantiks in New York City. Zweifellos hatten die New Yorker Berichte ihren Grund darin, dass der amerikanische Zweig der Familie Roxton dort seit der Gründung dieser großen Nation ansässig ist. Der dauerhafte politische Einfluss der Familie in der demokratischen Landschaft wird vor allem durch Senator Hubert Charles Fitzstuart repräsentiert, der selbst ein direkter Nachkomme des 1. Earls von Strathsay ist, auf den wir alle außerordentlich stolz sind.

Vor ein paar Jahren wurde die riesige Sammlung von Büchern und Monografien in der Bibliothek des Landsitzes meiner Familie in Hampshire — Treat — neu katalogisiert und die Bibliothek selbst renoviert, und dabei stießen die Arbeiter auf eine Geheimtür in der Eichentäfelung. Die Existenz dieser Tür war im Familiengedächtnis verloren gegangen und Fachleute meinen, dass sie seit dieser Jahrhundertwende versiegelt gewesen wäre, lange, bevor Ihre Majestät den Thron bestieg. Weitere Nachforschungen durch Professor West-Hamilton von Trinity Hall, Oxford, dem berühmten Experten für die Genealogie der Roxtons und Autor der sehr gelobten Biografie des großen Philanthropen der Familie auf dem Gebiet der Medizin, Lord Henri-Antoine Hesham, des jüngeren Sohnes von Antonia Roxton, haben ergeben, dass diese Tür auf Befehl von Frederick, dem 7. Herzog von Roxton, versiegelt worden war. Dies ist nicht der Ort für Spekulationen, doch Professor West-Hamilton ist der Ansicht, dass die Antwort in dem liegen mag, was hinter dieser Tür verschlossen entdeckt wurde.

Als die Tür zum ersten Mal seit hundert Jahren wieder geöffnet wurde, enthüllte sie eine Treppe, die ganz von Bücherregalen umgeben war. Diese Treppe führte zu den Zimmern über der Bibliothek, die seit Generationen als die privaten Räume der Herzöge von Roxton genutzt wurden, bis zu Zeiten des siebten Herzogs. Es war Frederick, der diese privaten Räume in Schlafzimmer und ein Schulzimmer für seine sechs Töchter verwandelte. Es wird angenommen, dass bei diesem Umbau die Treppe an beiden Eingängen versperrt und die Existenz dieses Aufgangs von den folgenden Generationen vergessen wurde.

Die Entdeckung einer Geheimtreppe ist in sich selbst bereits sehr befriedigend, denn es ist bekannt, dass die Herzöge von Roxton begeisterte Bibliophile waren und vielleicht niemand mehr als meine Ahnin, die fünfte Herzogin. Antonia, Herzogin von Roxton und Kinross, wurde nicht nur als gefeierte Schönheit ihrer Tage gelobt, sondern war auch ein Blaustrumpf. Sie war äußerst sprachbegabt, denn sie konnte nicht nur ihre französische Muttersprache sprechen, lesen und schreiben, sondern beherrschte ebenso fließend Englisch, Italienisch, Griechisch und Latein. Daher war es für die Familie keine Überraschung, dass der 5. Herzog und seine Herzogin einen bequemen und geheimen Weg haben wollten, um über eine Treppe zwischen ihren intimsten Räumen und der Bibliothek Zugriff auf ihre Bücher zu haben.

Doch was überraschend und die größte Entdeckung war, bestand in dem, was sich in den Regalen fand, die sich über die Wände dieses geheimen Treppenhauses zogen. Es wurde in der Familie immer angenommen — tatsächlich wurde meinem Mann diese Geschichte als kleinem Jungen von seinem Großvater, dem achten Herzog, erzählt — dass die private Korrespondenz des 5. Herzogs und dessen Herzogin als zu intim erachtet und daher der Entschluss gefasst worden wäre, den größten Teil davon zu zerstören, auf Befehl seines Vaters, Frederick. Diese Zerstörung wäre nicht nur als notwendig erachtet worden, um den berühmten herzoglichen Namen von Roxton zu schützen, sondern auch die Privatsphäre der verschiedenen Briefpartner.

Ich darf nun zum ersten Mal enthüllen, dass diese Korrespondenz gar nicht zerstört, sondern nur vor neugierigen Blicken weggeschlossen wurde. Denn in den Regalen des geheimen Treppenhauses befanden sich hunderte, wenn nicht tausende von Seiten privater Korrespondenz, nicht nur in Form von Briefen, sondern auch von Tagebucheinträgen. Dort stehen rote Lederkisten voller

Briefe, Notizen, kleiner Andenken und gebundene Tagebücher von der Hand der 5. Herzogin. Alle Tagebucheinträge sind natürlich auf Französisch, während die Briefe der verschiedenen Korrespondenten in Französisch, Italienisch und Englisch verfasst sind. Ein Teil dieser Korrespondenz wurde in der Tat als zu intim empfunden, um veröffentlicht werden zu können, und es ist der ausdrückliche Wunsch des Herzogs wie auch der meine, dass diese verschlossen bleiben und niemals zugänglich gemacht werden sollen, weder der Familie noch Gelehrten. Dennoch mindert das nicht die Aufregung der Familie über diese Entdeckung, denn der größte Teil der Korrespondenz bietet eine einzigartige Gelegenheit, die Geschichte der Familie zu ergänzen und öffnet ein Fenster in eine vergangene Zeit, als die Damen Kleider trugen, die breiter waren als lang, Männer in Anzüge aus besticktem Satin und Seide gekleidet waren, die allem, was Frauen damals trugen, Konkurrenz machen konnten und es mehr Tragsessel als Droschken gab. Es war die Welt vor der amerikanischen und französischen Revolution, vor der Industrialisierung und Großstädten, als einflussreiche und einfache Menschen ihrem Alltag in sehr viel langsamerem Tempo nachgingen; es war die Welt, in der Antonia Moran, meine Ahnin und die Ahnin meines Ehemannes, die Ur-ur-urgroßmutter Renards, des 10. Herzogs von Roxton, lebte.

Es ist daher nur angemessen, dass diese Auswahl von Briefen zum einhundertfünfzigsten Hochzeitstag von Renard, dem 5. Herzog von Roxton und seiner jungen Braut, Antonia Moran, einer direkten Nachfahrin Seiner Majestät, König Charles des Zweiten, erscheint, die in ihrem Leben nicht nur einen, sondern zwei Herzöge heiratete — einen englischen und einen schottischen, und daher die Ahnfrau zwei der ersten Herzogtümer des Königreichs ist, die bis zum heutigen Tag ununterbrochen männliche Erbfolgen haben.

Es ist festzuhalten, dass diese Veröffentlichung und der zweite Band privat veröffentlicht werden und nicht zur allgemeinen Lektüre bestimmt sind. Sie sind für die Regale derer bestimmt, die ein akademisches Interesse an der Familie Roxton haben und einen tieferen Einblick in das Leben und die Motive meiner Ahnen wünschen.

Ich möchte die unermüdlichen Bemühungen des Bibliothekars von Treat, Sir Elliott Fortescue, Bt., und seines Assistenten, Mr. Percival Mandrake, Professor Sir Marcus West-Hamilton und des hervorragenden französischen Linguisten, M'sieur Auguste Martin, die alle zusammen drei Jahre an diesem Band gearbeitet haben und jetzt am nächsten arbeiten und ohne die diese Korrespondenz nicht das Licht des Tages erblickt hätte, loben. Dieser Band ist meinen geliebten Ehemann, Renard, gewidmet.

Alice-Victoria Hesham
Ihre Gnaden, die hochedle Herzogin von Roxton
März 1896

# ANMERKUNG DER HERAUSGEBER

Die Briefe und Tagebucheinträge in diesem ersten von zwei geplanten Bänden sind chronologisch angeordnet. Das erste Kapitel beginnt mit der Korrespondenz aus den frühen Jahren des 18. Jahrhunderts, vor Antonia Morans Heirat, bis sie die 5. Herzogin von Roxton wurde. Das zweite Kapitel beginnt mit einer Geburt und endet mit einer Geburt und beinhaltet die Korrespondenz zwischen Familienmitgliedern und bevorzugten Gefolgsleuten der Familie während der Ehe des 5. Herzogs und seiner Herzogin. Das dritte Kapitel war das schwierigste; nicht nur wegen der Auswahl der einzubeziehenden Briefe, sondern wegen des bedrückenden Inhalts der Korrespondenz und der Tagebucheinträge, da es von Antonia Roxtons großer Trauer über den Tod ihres ersten Ehemannes, des 5. Herzogs und dem dadurch bei anderen Familienmitgliedern verursachten Kummer handelt. Es war nicht die Absicht Ihrer Gnaden oder unsere als Bearbeiter, den modernen Leser mit solch herzzerreißender Korrespondenz zu betrüben, wie einige dieser Brief es sicher müssen, sondern ein Licht auf die Stärke und Tiefe des Gefühls zu lenken, das die Ehe des 5. Herzogs und seiner Herzogin zu einer Legende machten, nicht nur für ihre eigene Familie, sondern weit über den weiteren Kreis ihrer Verwandtschaft hinaus, durch die Zeit bis zum heutigen Tag.

Alle Übersetzungen aus dem Französischen wie aus dem Italienischen wurden von M'sieur Auguste Martin akribisch ausgeführt, wofür die Herausgeber ihm sehr dankbar sind.

Sir Elliot Fortescue Bt., C.B.E.
Professor Sir Marcus West-Hamilton, G.C.M.G., O.B.E.
April, 1896

# BRIEFE ZU DER EDLE SATYR

*Mlle Moran, Apartment des Prinzen im Schloss von Versailles, an M'sieur le duc de Roxton, Hôtel Roxton, Rue St. Honoré, Paris.*

[I*n Versailles von einem Diener überbracht.*]

August, 1745

M'sieur le Duc de Roxton!

Ich bin Antonia Moran, Tochter Eurer Cousine Lady Jane Fitzstuart, und des Chevalier Frederick Moran. Wir müssen einander noch offiziell vorgestellt werden, aber ich bin auch Eure Verwandte durch einen gemeinsamen Vorfahren, Euren Großvater Henry, den 4. Herzog von Roxton. Er ist mein Ur-urgroßvater. Ich werde bald den Schutz meines Großvaters, General Lord Strathsay, verlieren, da er im Sterben liegt. Meine Eltern sind beide tot. Ich bin Waise, und da ich noch nicht großjährig bin, benötige ich den Schutz eines Familienmitglieds.

All dies wisst Ihr bereits, entweder, weil Ihr Interesse an den Mitgliedern und der Genealogie Eurer illustren Familie habt, oder weil ich Euch dies erklärt habe. Dies ist der vierte Brief dieser Art, den ich geschrieben und Euch in die Hand habe übergeben lassen. Ich glaube auch, dass mein Vater Euch einige Zeit vor seinem Tod schrieb, seine Pläne für mich beschrieb und Euch, als das Oberhaupt der Familie, bat, über mich zu wachen.

M'sieur le duc, Ihr schuldet mir noch immer die Höflichkeit einer Antwort.

Ich bin nicht absichtlich unhöflich, doch meine Lage verschlechtert sich mit jedem vergehenden Tag. Es ist auch nicht angemessen, dass ich Euch über Eure Pflichten gegenüber Euren Verwandten aufkläre, vor allem nicht gegenüber einer, die in Euren Augen wie ein Pilz aufgetaucht sein muss, wie aus dem Nichts. Doch als Oberhaupt meiner Familie fällt es Euch zu, mir Zuflucht zu gewähren. Könnte ich mich an jemand anderen wenden, würde ich das tun. Ich habe Euch so oft bei Hofe beobachtet und es ist allgemein bekannt, dass Ihr keine Narren ertragt und Euch auch die Unmoral einiger Eurer Handlungen nicht zu stören scheint. Nichts davon spielt für mich eine Rolle. Was Ihr tut, ist Eure eigene Sache, wie Ihr mir sicher ins Gesicht sagen würdet, hätte ich Gelegenheit, mit Euch zu sprechen.

Was ich zu sagen versuche, ist, dass ich mich nicht im Geringsten darum kümmere, dass andere Euch für ungeeignet und unpassend als meinen Vormund halten würden, so wie mein Großvater erklärte und einige am Hofe glauben. Sie sagen mir, sie würden Euch besser kennen und warnen mich vor Euch. Doch ich halte Euch nicht für grundlegend böse und auch mein Vater dachte das nicht. Obwohl Ihr, verzeiht, wenn ich das Offensichtliche ausspreche, doch ich werde Euch gegenüber immer wahrhaftig sein, betrüblich gleichgültig gegenüber der Verantwortung seid, die mit Eurem Rang und Eurem Vermögen einhergehen.

Alles, worum ich Euch bitte, ist eine Zuflucht, bis meine Reise nach London und zu meiner Großmutter, die ich erst noch kennenlernen muss, arrangiert werden kann. Ich habe dort auch einen Onkel, den Bruder meiner Mutter, der mich vielleicht auch aufnehmen möchte. Daher würden Eure Pflichten und Eure Verantwortung damit beginnen und enden, mich sicher nach England bringen zu lassen. Ist das zu viel verlangt von jemandem, mit dem ich durch unser gemeinsames Blut verwandt bin? Ich glaube nicht.

Also seht Ihr, M'sieur le duc, ich würde Euch keine große Last sein und nur sehr wenig Eurer Zeit und Mühe kosten.

Bitte seid so höflich, mir schriftlich zu antworten oder mich bei der nächstmöglichen Gelegenheit bei Hof aufzusuchen.

Eure ergebene und gehorsame Dienerin,
Antonia Moran

*Der sehr ehrenwerte Earl von Strathsay, Apartment des Prinzen am Hofe von Versailles, Frankreich, an die sehr ehrenwerte Gräfin von Strathsay, Hanover Square, Westminster, London, England.*

Apartment des Prinzen im Schloss von Versailles
September 1745

Madam,

Bald wird Euer größter Wunsch erfüllt. Ich liege im Sterben, und mein Tod wird nicht lange auf sich warten lassen. Ihr werdet Witwe und endlich von mir befreit sein. Ich habe die [*gelöscht*]. Ich wünschte bei Gott, dass ihr es gewesen wäret, die mich mit [*gelöscht*] angesteckt habt, damit ich euch umso mehr hassen könnte. Doch Euch mehr zu hassen, als ich es bereits tue, ist unmöglich. Mein Priester sagt mir, ich müsste Euch vergeben. Dass ich, um durch die Tore des Himmels einzutreten, allen vergeben müsste, die sich an mir versündigt haben. Auf diese Weise würde nicht nur mein Gewissen rein werden, sondern auch meine Seele.

Ach, aber Ihr und ich wisst, dass ich Euch niemals vergeben kann, weder in diesem Leben noch im nächsten, zur ewigen Verdammnis meiner unsterblichen Seele. Ich habe zu Gott gebetet und um Vergebung hierfür gefleht, und dass Er in Seiner

Weisheit mir Gnade und Verständnis erweisen wird, weil ich dies nicht kann.

Ihr habt mich zu dem Glauben verleitet, dass Ihr mir nach Frankreich folgen würdet, als keine Hoffnung bestand, die Rebellion zum Erfolg zu bringen, und doch seid Ihr nicht geflohen. Stattdessen habt Ihr mich an die Engländer verraten. Und Ihr wart fast von Beginn unserer schändlichen Verbindung an eine ungetreue Ehefrau. Und doch, wie liebte ich Euch! Ich kann Euch Eure Untreue verzeihen, denn ich war niemals einer Frau treu gewesen, außer Euch. Doch dann, als Ihr mein Bett verließet zugunsten des eines anderen — noch dazu das Bett des Gatten Eurer Schwester — sah ich keinen Grund dafür, meine Hingabe fortzusetzen. Ich fragte damals und frage immer noch: Wie konntet Ihr mit Eurem Schwager schlafen und die Liebe Eurer Schwester verraten? Und den Berichten zufolge, die ich während all der Jahre erhielt, habt Ihr eine fleischliche Verbindung mit Eurem Schwager weiter aufrechterhalten, entgegen den Geboten und Gesetzen Gottes.

Doch wer bin ich, darüber zu urteilen? Ich, der größte Sünder, ein General, der die Schwäche seines königlichen Erzeugers für Frauen hat. Habe ich mich bei Eurem Besuch in Paris nicht in Euer Bett begeben und Euch trotzdem gleichzeitig gehasst? Ich wünschte, ich hätte Euch widerstehen können, und doch bin ich froh, dass ich es nicht tat, denn diese Vereinigung hat mir einen Sohn und Erben verschafft, und mit Gottes Willen eine Zukunft für mein Erbe.

Ich habe unseren Sohn (mit dem höllischen Namen, der nur dazu dienen sollte, mir zu trotzen und mich zu reizen, Hexe!) nie öffentlich anerkannt, doch er stand immer in meinem Testament und war in meinem Herzen. Er ist schließlich mein Fleisch und

Blut, mein Sohn. Ich wünschte nur bei Gott, er wäre nicht der Eure!

Euer Verhalten ist abscheulich und unnatürlich und weil Ihr weiter das Bett Eures Schwagers teilt (und ist er nicht der Schrift nach Euer Bruder?), werde ich nicht zulassen, dass unsere Enkelin in Eure verderbte Umgebung gerät. Nicht, dass ich glaube, Antonia könnte verdorben werden. Sie kennt ihren eigenen Willen und hat ihre eigene Meinung. Wenn man sie hört, ohne sie anzusehen, könnte man glauben, es wäre ein junger Mann, der mit einem streitet, nicht eine seltene Schönheit, die Euer Ebenbild ist, noch schöner, als Ihr es je sein werdet, weil sie ein reines Herz hat. Wäre sie nur als Mann geboren!

Oh, wie ich mir wünschte, ein Floh in der Perücke Eures Butlers zu sein, wenn Ihr Eure Enkelin schließlich zu Gesicht bekommt! Es wird Euch halb umbringen, Euer Ebenbild in ihren makellosen Zügen zu sehen, so, wie Ihr einmal ausgesehen habt, nur noch schöner. Doch wenn es nach meinen Wünschen geht, wird sie Euch erst kennenlernen, wenn Ihr kalt und von Würmern zerfressen seid, wenn sie Blumen auf das Grab ihrer Großmutter legt, obwohl sie sie nie kannte, denn so ein Mädchen ist sie.

Sie ist eine Freude und ich hatte Glück, sie vor meinem Tod noch kennenzulernen. Sie macht dem Verstand ihres Vaters und dem Blut ihrer Mutter Ehre, und letzteres ist nur meines (kein Tropfen davon ist von Euch, wenn ich etwas dazu zu sagen habe).

Ich werde einen Ehevertrag unterzeichnen, damit sie eines Tages die Gräfin von Salvan wird und mit diesem alten Namen und meinem Vermögen wird sie am französischen Hof strahlen und, so Gott will, zum wahren Glauben zurückfinden, wenn mein Testament buchstabengetreu ausgeführt wird.

Ich erzähle Euch dies in der Hoffnung, dass Ihr noch einen Hauch mütterlichen Anstands besitzt und Euch von ihr fernhaltet. Ich hoffe und bete, dass Ihr Euch nie kennenlernen mögt.

Nun habe ich zwar über die Zukunft meiner Enkelin zu bestimmen, doch kann an meiner wenig ändern. Ich kann nicht mit gutem Gewissen, und, weil mein Beichtvater mir befiehlt, meinem legitimen Sohn gegenüber gerecht zu sein, unseren Sohn Theophilus verleugnen (bei Gott, was für ein furchtbarer Name!), der den Titel erben wird, wenn ich nicht mehr bin, und der Earl von Strathsay sein wird. Ich kann nur darauf hoffen, dass er viele Söhne haben wird, die den Makel, Euch als Ahnin und mich als Erzeuger zu haben, abwaschen werden. Denn wer wird sich an einen alten, von Krankheit zerfressenen General erinnern wollen, der es nicht schaffte, seinen Herrscher wieder auf den Thron zu bringen, und an seine herzlose, ehebrecherische Gattin, die [*gelöscht*] von Ely?

Ich bin müde, und meine liebe, süße Maria, meine gutmütige Frau in allem außer nach dem Gesetz, die alles erben wird, das ich nicht Antonia hinterlasse, wartete darauf, meine Hand zu halten, meine Stirn abzuwischen und mir Lügen ins Ohr zu flüstern, dass ich wieder gesund werde. All diese Dinge hättet Ihr für mich tun sollen, Madam, wäret Ihr eine treue und sorgende Ehefrau gewesen, und ein wenigstens halb anständiger Mensch, was Ihr alles nicht seid.

Ich verlasse Euch und bete, dass wir uns nie im Leben wieder begegnen, weder in diesem noch im nächsten.

James Strathsay

*Mlle Moran, Hanover Square, Westminster, England, an M'sieur le duc de Roxton, Hôtel Roxton, Rue St. Honoré, Paris.*

Hanover Square, Westminster, England
Oktober 1745

*J'espère que vous vous portez bien, monseigneur!*

Ich wollte Euch so schnell wie möglich darüber informieren, dass Ellicott und ich sicher und ohne Zwischenfälle in London angekommen sind. Oh, das ist nicht ganz wahr! Es gab einen Zwischenfall, doch nicht auf der Reise.

In der Tat war die gesamte Reise von Paris sehr gut geplant und ausgeführt, und wir hatten kein einziges Missgeschick. Ellicott hat sich sehr darum bemüht, dafür zu sorgen, dass jede Etappe, jede Meile, jedes Fortbewegungsmittel auf der Reise angenehm und ereignislos war. Natürlich weiß ich, dass ich Euch für diese bequeme Reise zu danken habe. Eure große Reisekutsche, gezogen von sechs schnellen Pferden und von einer Gruppe Vorreiter begleitet, wurde auf der ganzen Strecke angestarrt. Bauern auf den Feldern schauten auf und beobachteten uns, während wir in diesem prachtvollen, schwarz und gold lackierten Gefährt vorbeikamen; ebenso die Leute, die in den Dörfern, durch die wir kamen, ihren alltäglichen Geschäften nachgingen. Und wo immer wir anhielten, um uns zu erfrischen, zogen wir eine Menge an. Ellicott überwachte immer schnell das Auspacken des *nécessaire de voyage*, sodass unsere Mahlzeiten im Gasthof auf Porzellantellern, Kristallbechern und Silberbesteck serviert wurden. Ich glaube nicht, dass ich je so schlichtes Essen mit solch exquisiten Utensilien verzehrt habe. Doch andererseits kann ich mich nicht erinnern, überhaupt gegessen zu haben. Gabrielle sagt mir jedoch, ich hätte gegessen und getrunken, doch das Essen hätte mir nichts bedeutet.

Die Überfahrt von Calais nach Portsmouth verlief reibungslos, wieder dank Eurer Schaluppe, die uns ohne jede Schwierigkeit über den Kanal brachte und dort wartete am Kai schon Eure englische Kutsche mit Eurem englischen Kutscher und den Lakaien, bereit, uns nach London zu bringen.

Ich will Euch nicht mit meinen Gefühlen langweilen, oder damit, wie sehr ich Euch vermisse, oder Euch fragen, warum Ihr zu mir in der Bibliothek so kalt wart, sodass es wirkte, als wäret Ihr ein völlig anderer Mensch als Ihr es in Euren eigenen Räumen zu sein pflegtet. Ich wünschte, Ihr hättet die Höflichkeit besessen, mir zumindest nachzuwinken, statt sofort zur Jagd von *Sa Majesté* aufzubrechen. Ich habe über Eure hässlichen Worte und Eure plötzliche Abreise viele Stunden lang nachgedacht und meine Verwirrung ist geblieben. Jetzt stelle ich fest, dass ich vor lauter Denken krank geworden bin und will gar nicht mehr daran denken und daher werde ich das auch nicht tun.

Was den Vorfall betrifft, der sich bei unserer Ankunft in London ereignete ...

Oh! Aber lasst mich Euch zuerst meinen ersten Eindruck von London schildern. Dieser Ort ist so fürchterlich laut. Viel lauter als Paris. Ich glaube, es liegt daran, dass zu der Kakophonie von Kutschen, Ausrufern, Lasttieren, die zum Markt getrieben werden und der üblichen Hektik hier so viel überall in der Stadt gebaut wird, oder, wie Ellicott mich berichtigte, hier in Westminster, was anscheinend eine ganz andere Stadt ist. Oh, und bevor ich es vergesse, ich war höchst überrascht, Ellicott Englisch sprechen zu hören. Wie Ihr, wenn Ihr Englisch sprecht, klingt er wie ein völlig anderer Mensch. Doch während Eure englische Stimme kalt und kompromisslos ist, klingt Ellicott dabei freundlich. So sehr, dass ich beschlossen habe, ihn Martin zu nennen. Er sagte mir in höchst höflicher Manier, dass ich das ohne Eure Erlaubnis nicht tun dürfe. Doch da es sein Name ist, muss er entscheiden, ob er es mir erlaubt oder nicht, und das sagte ich ihm auch.

Martin ist zu loyal, um etwas gegen Euren Willen zu tun, und ich möchte ihn nicht in Ungelegenheiten bringen, daher werde ich ihn in der Öffentlichkeit weiter Ellicott nennen, doch privat Martin zu ihm sagen. Der Name passt zu ihm.

Doch ich schweife wieder von dem Vorfall ab, von dem ich Euch erzählen wollte. Ihr werdet erraten haben, dass es um meine Großmutter geht. *Parbleu,* aber ich war sehr nervös bei der Aussicht, sie kennenzulernen! Ich wusste nicht, was ich erwarten sollte, doch was ich nicht erwartet hatte, war, einer Frau gegenüberzustehen, die weit jünger aussieht als ihre Jahre, die die erstaunlichsten roten Haare hat und festzustellen, dass sie und ich uns in Gesicht und Gestalt sehr ähnlich sind. *Incroyable*! Ja! Selbst ich kann sehen, dass wir uns ähneln. Ich war sehr erfreut über diese Entdeckung, doch sie nicht. Sie sah mich von oben bis unten stirnrunzelnd an und sagte in Englisch zu ihrer Freundin, Lady Paget, dass sie keineswegs sicher wäre, dass ihr das, was sie sähe, gefiele — und das war ich! Könnt Ihr glauben, dass eine Großmutter das zu ihrer einzigen Enkelin bei ihrem ersten Zusammentreffen sagen würde? Ich glaube nicht, dass ihr klar war, dass ich die englische Sprache fast ebenso gut verstehe wie mein eigenes Französisch, und daher auch ihre Kritik an mir. Lady Paget sagte meiner Großmutter in sehr deutlichen Worten, dass eine solche Bemerkung unhöflich wäre und wenn sie mein Äußeres kritisierte, würde sie ihr eigenes kritisieren. Meine Großmutter war gekränkt und nicht glücklich über diese Zurechtweisung, sie schmollte wie ein verwöhntes Kind und floh zum Fenster, um ihre Verlegenheit zu verbergen. Dann versuchte sie, es wieder gut zu machen, indem sie mir einen leichten Kuss auf jede Wange gab und flüchtig meine Hand tätschelte, was mir gar nicht gefiel.

Monseigneur, ich habe noch nie eine eitlere Kreatur getroffen! Sie kann an keinem Spiegel vorbeigehen, ohne hineinzuschauen. Und ihre Art, sich zu kleiden, ist ziemlich erschreckend, da ihr beträchtlichen Brüste drohen, aus ihrem tief ausgeschnittenen Mieder zu fallen, sodass jeder Mann, der in das Zimmer kommt, nicht anders kann, als die zu seiner Bewunderung herausquellende Pracht anzustarren. Wäre sie nicht meine Großmutter, würde ich sie für eine Hure halten. Aber ich denke, es ist mehr Eitelkeit als Ausschweifung.

Daher ereignete sich dieser Vorfall, von dem ich Euch noch berichten muss, als einer ihrer männlichen Bewunderer zu Besuch kam und wir uns zu Tee und Keksen setzten. Trinkt Ihr Tee, M'sieur le duc? Ich mag ihn gar nicht! Er schmeckt, wie ich vermute, dass Spülwasser schmecken muss. In der Tat hat er keinen Geschmack und doch wird er hier in den besten Salons getrunken. Lady Paget sagt mir, die Engländer könnten gar nicht genug von ihrem Tee bekommen und er sei so kostbar, dass die schwarzen Blätter in silbernen Dosen verwahrt werden, die sich nur mit einem Schlüssel öffnen lassen. Ist das zu glauben? Wenn ich hundert Jahre alt würde, glaube ich nicht, dass ich mich daran gewöhnen könnte, dieses fade Getränk aus China zu trinken.

Also wieder zu diesem Vorfall. Es tut mir leid, dass ich so lange zögere, das zu erzählen, aber ich habe Euch so vieles zu berichten, dass es mir alles aus der Feder fließt, ohne jede Ordnung, weil ich nichts von meinen ersten Tagen hier in London vergessen möchte.

Als ich mit meiner Großmutter und Lady Paget beim Tee saß, wurden wir von einem Gentleman unterbrochen, der die albernsten Hosen trug, die ich je gesehen habe. Und das heißt eine Menge, wenn man an einige Ensembles denkt, die in den Sälen von Versailles getragen werden! Der Name dieses Gentlemans ist Percy Harcourt und er ist Vallentines Cousin, obwohl er ihm überhaupt nicht ähnlich sieht. Monseigneur, Ihr müsst mir glauben, wenn ich Euch sage, dass er gefleckte Kniehosen trug! Ja! Gefleckt! Schwarze Flecken. Der Stoff selbst war Samt und es war so gewoben, dass es aussah wie ein Leopardenfell. Ein Leopard, sage ich Euch! Und zu diesen gefleckten Hosen trug er leuchtend gelbe Strümpfe und schwarze Schuhe. Sein Rock war gelb mit schwarzen Schnüren, sodass das Ensemble, wenn man es insgesamt betrachtete, mich an ein mythisches Geschöpf erinnerte — halb Mensch und halb Tier! Ich konnte nicht aufhören, ihn anzustarren! Harcourt dachte, es läge daran, dass mich seine Kleidung beeindruckte. Er vertraute mir sogar an, dass solche Hosen in Neapel der letzte Schrei wären. Ich wusste nicht, was ich sagen sollte. Doch ich musste nichts sagen, denn er schwätzte so viel, dass ich dachte, er würde vergessen zu atmen und bald ohnmächtig werden, weil er keine Luft mehr hatte!

Natürlich starrte er mich auch an, als ob ich zwei Köpfe hätte, und dann meine Großmutter und wieder mich, sodass ich glaube, er wurde sich meiner schlechten Manieren gar nicht bewusst. Ich tat mein Bestes, mein Kichern zu unterdrücken und versteckte mein Lächeln hinter meinem flatternden Fächer.

Doch ich glaube, meine Großmutter war nicht so sehr durch M'sieur Harcourts außergewöhnliche Kleidung aufgebracht als durch seinen Mangel an Aufmerksamkeit für sie. Er verbrachte den größten Teil seiner Zeit mit seiner Teetasse und im Gespräch mit mir, was ich, um ehrlich zu sein, als sehr mühsam empfand. Nicht nur, weil er darauf bestand, mit mir Französisch zu sprechen (sein Französisch ist wirklich sehr schlecht), sondern, dass er fast jeden Satz mit „Außerordentlich!" und „Auf mein Wort!" und „Ich bin völlig sprachlos!", unterbrach, wobei er das natürlich nicht war, denn er redete ständig weiter.

Schließlich war meine Großmutter so verärgert über ihn, dass sie ihren Teller und ihre Untertasse ziemlich heftig beiseiteschob, sodass sie über den lackierten Tisch rutschten, über den Rand hinweg und auf dem Boden zerbrachen. Woraufhin meine Großmutter vom Sofa aufsprang und herausplatzte: „Siehst du, wozu du mich gebracht hast!" Doch nicht zu M'sieur Harcourt, sondern zu mir! Warum?

Ich war so schockiert wie alle anderen im Raum, ich entschuldigte mich mit Kopfschmerzen, die ich nie habe, und zog mich in meine Zimmer zurück, nur, um einen Moment der Ruhe zu haben, und damit sie ihre Fassung wiedergewinnen könnte. Lady Paget klopfte an meiner Tür, um zu sehen, ob es mir gut ginge, aber ich sagte Gabrielle, sie solle ihr sagen, dass ich bereits schliefe. Eine Lüge. Doch in diesem Moment wollte ich wirklich keine Gesellschaft.

Nach allem, was ich durchgemacht hatte und der Erwartung, meine Großmutter kennenzulernen, sie dann endlich zu treffen und eine solche Enttäuschung durch sie zu erleben, fragte ich mich, ob ich wirklich den richtigen Weg gewählt hatte, als ich zu ihr reiste. Vielleicht wäre ich besser bei Maria geblieben und mit ihr nach Venedig zurückgekehrt. Doch es ist noch früh und daher neige ich dazu, meiner Großmutter zu erlauben, sich von ihrem

Schock und Unbehagen darüber zu erholen, dass sie mich aufnehmen musste.

Das Gute an all dem ist, dass ich weit weg bin vom Comte de Salvan und d'Amberts Launen. Morgen soll ich meinen Onkel Theophilus kennenlernen und bete, dass er Großmutter gar nicht ähnlich ist. Ich werde Euch über das Ergebnis dieses Zusammentreffens in einem weiteren Brief berichten. Diesen will ich jetzt beenden, da Martin versprochen hat, ihn bei seiner Rückkehr nach Paris in zwei Tagen mitzunehmen. Ich werde seine Gesellschaft vermissen. Wie Ihr ohne ihn zurechtkommt, können er und ich uns beide nicht recht vorstellen. Bitte erzählt ihm nicht, dass ich das gesagt habe. Er wäre beschämt. Er ist ein äußerst diskreter und treuer Diener und Euch sehr ergeben.

Ich hoffe, Ihr werdet so gütig sein, mir auf diesen Brief zu antworten, damit ich weiß, dass es Euch gut geht. Bitte richtet Madame und Vallentine meine besten Grüße aus. Ich werde ihnen gesondert schreiben, hoffentlich vor Martins Abreise, damit er auch diese Briefe überbringen kann.

In Liebe,
Antonia

*Estée, Madame de Montbrail, Hôtel Roxton, Rue St. Honoré, Paris, an Mme de Chavigny, Hôtel de Créquy-Gravier, Saint-Germain-en-Laye.*

Hôtel Roxton, Rue St. Honoré,
November 1745

Liebe Tante Victoire, ich vertraue darauf, dass Ihr jetzt besser auf Eurem Fuß herumlaufen könnt als bei meinem letzten Besuch, und den Gehstock benutzt, den ich Euch geschickt habe. Da er einen hübschen rosa Porzellangriff hat und aus dem besten polierten Nussbaumholz gemacht ist, hoffe ich, dass Ihr ihn als Accessoire und nicht als notwendiges Hilfsmittel bei Krankheit oder Alter betrachtet. Man sagt mir, dass solche Gehstöcke in den feinsten Salons der letzte Schrei sind, wo die jungen Damen sie ebenso tragen wie einen Fächer, also müsst Ihr das auch tun, damit man sieht, dass Ihr der neuesten Mode folgt!

Geht es Francois gut? Und Hubert? Wie geht es Euren kleinen Vögeln bei diesem kälteren Wetter? Habt Ihr die Käfige dichter an die Fenster des Wintergartens gestellt, damit sie es am Tage warm haben? Ich weiß, dass Ihr Euch wegen einer Rinne oben am Turm Sorgen machtet, aus der Wasser direkt in den Wintergarten und auf den türkischen Teppich unter den Käfigen tropfte. Ich hoffe, dass dieses Problem gelöst werden konnte.

Bevor ich vergesse, es zu erwähnen, ich füge die Medizin bei, von der ich sprach, das Pulver aus London. Man nennt es James' Pulver und es werden ihm alle möglichen Fähigkeiten zugeschrieben, von der Heilung der Gicht bis hin zum gewöhnlichen Schnupfen. Lord Vallentine empfahl es und ließ etwas davon herschicken. Anscheinend benutzt es in London jeder. Seine Lordschaft schwört darauf zur Linderung von Kopfschmerzen und er ist zuversichtlich, dass es helfen wird, die Schmerzen in Eurem Fuß zu erleichtern. Nun, selbst Roxton stimmt zu, dass dieses Pulver für Euch nützlich sein könnte. Also bitte, Tante, vergesst Eure dummen Vorstellungen über die Engländer dieses eine Mal und nehmt das Pulver für wenigstens eine Woche ein, wie auf dem Paket angewiesen wird. Ihr könnt Euch nicht über die Engländer beschweren, wenn Ihr nicht zumindest ihre Heilmittel versucht und dann, wenn sie nicht funktionieren, noch beklagen.

Tante, ich mache mir Sorgen um Roxton. Mein Bruder sagt nichts, er war nie besonders offen mit seinen Gefühlen oder Gedanken, doch ich weiß, dass er nicht er selbst ist. Vallentine teilt meine Meinung. Es sind die kleinen Dinge, die ich bemerke und von denen er denkt, ich würde sie nicht sehen. Seine große Geistesabwesenheit. Er verbringt die meisten Nächte damit, mit seinen Hunden durch den Kastanienhain zu spazieren. Das weiß ich, weil die Diener wach sind und die Fackeln für ihn anzünden, damit er herumlaufen kann, als wäre es Tag! Die Menge an Wachs, die er verbraucht, ist atemberaubend. Aber für ihn ist es nur ein Tropfen im Meer an Ausgaben, warum sollte ich mir Sorgen machen? Es sind nicht die Ausgaben, sondern sein unaufhörliches Herumwandern in der Nacht, draußen in der Kälte, manchmal länger als eine Stunde.

Wenn Ihr es glauben wollt, er meidet jetzt sogar die Bibliothek, seinen Lieblingsplatz im ganzen Haus! Ja, das ist wahr, ich sagte es Euch. Wann immer er dorthin geht, sagte Vallentine, dass er nicht in seinem Lieblingssessel sitzt, sondern den gegenüber nimmt, als ob sein Lieblingssessel bereits irgendwie besetzt wäre! Es ist äußerst seltsam und besorgniserregend. Und er hat sich angewöhnt, mit seinem Buch im Salon zu sitzen. Das ist für uns äußerst besorgniserregend, denn wir hatten nie seine Gesellschaft, während er mit seiner Nase in einem Buch steckte! Vallentine versuchte ihn aufzumuntern, indem er vorschlug, dass sie Backgammon spielen sollten, aber Roxton lehnte ab und gab die lahme Entschuldigung, dass er früh zu Bett gehen wollte! Ihr müsst es mir glauben! Es ist die reine Wahrheit. Ich fiel fast von meinem Stuhl, als ich diese Ausrede hörte. Ich bin sicher, Ihr seid ebenso schockiert wie ich es bin. Mein Bruder vor Mitternacht im Bett? Unglaublich!

Ich fürchte wirklich nicht nur um seine Gesundheit, sondern auch um seinen Verstand. Ich dachte, er wäre krank und wollte den Arzt rufen, doch Vallentine sagte, ein Arzt könnte das, woran mein Bruder leidet, nicht heilen. Zu meiner größten Angst und Sorge muss ich glauben, dass er recht hat. Es gibt nur ein einziges Heilmittel, und es betrübt mein Herz, dass ich diejenige war, die gegen diese Verbindung war. Dass es vielleicht, wenn ich einverstanden gewesen wäre oder intensiver versucht hätte, unseren Cousin Salvan dazu zu bringen, seinen lächerlichen Plan aufzugeben, Antonia mit seinem Sohn zu verheiraten, Hoffnung auf ein anderes Ende hätte geben können.

Ich vermisse Antonias Gegenwart genauso sehr wie mein Bruder, fürchte ich, denn die Räume dieses großen Hauses werden jetzt nicht länger von ihrem Lachen erfüllt, von ihrem Plaudern und wie sie Vallentine neckt, was uns immer alle zum Lachen brachte, selbst meinen Verlobten. Es gab eine Leichtigkeit hier, als ob es ständig Frühling wäre, obwohl es die ganze Zeit Herbst war, und dennoch, wir, die wir uns in ihrer Gesellschaft befanden, dachten

nie daran. Es ist jetzt so trostlos und kalt wie der trübste Winter-
tag, drinnen wie draußen.

Warum braucht es Trennung und Trauer, um die Binde von den
Augen gerissen zu bekommen und zu sehen, was wir die ganze
Zeit hätten sehen müssen? Ich spreche nicht nur über ihre
Gegenwart, sondern darüber, dass wir vor ihrer Ankunft von Tag
zu Tag vor uns hin existierten, aber mit Sicherheit nicht lebten.
Es ist wahr. Und für meinen Bruder umso mehr, dessen sehr
englische und phlegmatische Lebenseinstellung mich in der
Vergangenheit nie gestört hat. Doch jetzt sehe ich, dass sie ihn
selbst stört, denn er steht dem Leben nicht mehr gleichgültig
gegenüber, er ist nicht länger unbeteiligt und gelangweilt.
Antonia hat seine Augen für andere Möglichkeiten geöffnet und
jetzt kann er tragischerweise diese Augen nicht wieder schließen
und so tun, als ob er die Welt nicht so sähe wie sie. Doch ohne
sie unter uns, um unsere Stimmung hochzuhalten, uns zu necken
und zu beschwichtigen, ist mein Bruder in einen Abgrund von
Trübsal gefallen, und, ach, *ma tante*, er ertrinkt darin!

Ich sage Euch, was ich niemandem außer meinem Priester im
Beichtstuhl erzählt habe. Ich kann es kaum erwarten, mit Vallentine verheiratet zu sein und für unsere Flitterwochen in die italienischen Staaten zu reisen, wenn auch aus keinem anderen Grund,
als der bedrückenden Nähe meines Bruders zu entkommen.
Mehr Zeit als nötig in seiner Gesellschaft zu verbringen heißt,
seine große Traurigkeit aufzusaugen und das kann ich nicht
länger ertragen. Es ist selbstsüchtig von mir, doch ich kann es
nicht ändern und Lucian stimmt mir zu.

Warum, oh, warum nur habe ich nicht darauf bestanden, dass
Antonia bis zu unserer Heirat bei uns blieb? Dann wäre diese Zeit
wenigstens glücklich gewesen und ich hätte nicht dieses
drückende, mit Ärger gemischte Schuldgefühl gegen Salvan, der

uns alle diese Qual durchmachen lässt, und gegen meinen Bruder, weil er sich in dieses Mädchen verliebt hat — unter all den Frauen, die seine Wege gekreuzt haben! Warum muss es eine sein, die einem anderen anverlobt ist? Warum muss sie meinen Bruder auch lieben? Es ist so ungerecht ihnen gegenüber, doch es ist auch ungerecht gegenüber Lucien und mir, weil ich doch möchte, dass alle sich für uns freuen!

Bitte betet für uns und für meine Seele, denn sicher hat solch egoistische Selbstbezogenheit sie in Seinen Augen beschmutzt und auch das ist meine Schuld!

Roxton sendet Grüße, ebenso wie mein geliebter Verlobter.

Eure liebende Nichte,<br>
Estée

*Mlle Moran, Hanover Square, Westminster, England, an M'sieur le duc de Roxton, Hôtel Roxton, Rue St. Honoré, Paris.*

Hanover Square, Westminster, England,
Januar 1746

*Joyeux Noël et bonne année, Monseigneur*!

Die Festlichkeiten der Zwölf Nächte sind gerade zu Ende, doch ich konnte nicht schlafen, daher beschloss ich, Euch zu schreiben und alles darüber zu erzählen.

Ihr, da bin ich mir sicher, wisst alles über die Albernheit dieser Zeit in England, obwohl ich sicher bin, dass Ihr Euch nicht daran beteiligt, sondern Euch zurückgelehnt und alles durch Euer Augenglas beobachtet habt, mit diesem halb ungläubigen, halb verächtlichen Blick, der andere Leute unendlich reizt, mich allerdings zum Kichern bringt! Denn ich weiß, dass Ihr Euch innerlich vor Lachen ausschüttet, wenn Ihr seht, was die Leute sich erlauben mit der Ausrede, dass bei diesem Anlass alle albern sind und nie alberner als in der Zwölften Nacht!

Ich bin entschlossen, Vallentine eines Tages mit mir Mehlschneiden spielen zu lassen. Kennt Ihr dieses besondere Weihnachtsspiel? Habt Ihr es vielleicht als Junge gespielt? Nein! Ich glaube, selbst damals würdet Ihr Euch davon ferngehalten und nur genossen haben, dabei zuzuschauen, wie andere sich zum Narren machen. Ich habe keinen Zweifel daran, dass Vallentine eines Eurer ahnungslosen Opfer war. Doch ich weiß, dass Ihr eigentlich nicht boshaft seid und dass Vallentine das Spiel um seiner selbst willen genossen hätte.

Lasst mich Euch alles darüber erzählen. Ihr werdet genießen zu hören, wie dumm es ist, vor allem, wenn ich Euch erzähle, wer bei den Festlichkeiten zur Zwölften Nacht im Hause meiner Großmutter teilgenommen hat. Ja, in der Tat, wir haben diese Spiele hier in ihrem Salon gespielt. Ich habe darauf bestanden, denn wie sonst könnte ich eine echte Engländerin werden, wenn ich nicht alle englischen Traditionen kenne? Das habe ich Theo vorgetragen, der sich dann mit Großmutter gestritten hat und in seinen Argumenten von Lady Paget, Miss Harcourt und ihrem Bruder Percy unterstützt wurde. Schließlich hob Großmutter besiegt die Hände und sagte, wir könnten tun, was wir wollten. Ich sehe Euch lächeln, wenn Ihr daran denkt, wie geschickt ich das manipuliert habe. Doch es war zum allgemeinen Wohl, das versichere ich Euch. Denn warum sollten wir uns bei einem solchen Anlass nicht alle an den Festlichkeiten beteiligen? Während Ihr nicht mitmachen würdet, würdet Ihr doch nie andere von solchen Amüsements abhalten.

Also dieses Mehlschneiden-Spiel. Lasst mich Euch davon erzählen.

Zuerst, was man für das Spiel selbst braucht, ist — eine Menge Backmehl, eine große Silberplatte und eine Kugel. Seltsame Dinge, die man so zusammenbringt. *Incroyable,* nicht wahr? Die Platte wird mitten auf den Tisch gestellt und das Mehl wird darauf gegossen, in Form eines an allen Seiten steilen Berges, einer Art Vulkan. Es braucht Geschick dabei, diese Form herzustellen und das Mehl wird fest zusammengedrückt, damit es weder heruntergleitet noch in sich zusammenfällt, sondern in dieser Vulkanform bleibt. Oben auf diesem Mehl wird vorsichtig die Kugel platziert, und zwar so, dass sie nicht sofort einsinkt. Diese perfekte, runde Bleikugel muss auf der Spitze liegen bleiben, bis das Spiel beginnt. Es braucht eine ruhige Hand, um die Kugel dort zu platzieren, damit sie nicht sofort durch das Mehl auf die Platte hinabsinkt und verloren geht. Was bedeutet, dass das Spiel vorbei ist, bevor es auch nur angefangen hat!

Theo hat die ruhigste Hand, daher blieb es ihm überlassen, die Kugel hinzulegen, ohne die Mehlpyramide zu zerstören. Er nahm sich Zeit und war sehr sorgfältig und langsam. Doch für Großmutter war er zu langsam, sie hörte nicht auf, sich zu beklagen, dass er zu viel Zeit bräuchte und dass vielleicht besser einer der Diener die Kugel dorthin legen sollte. Ich weiß nicht, wie Theo die Beherrschung behalten konnte, aber er schaffte es. Ich glaube, es standen viele Leute um den Tisch herum und warteten begierig darauf, mit diesem Spiel zu beginnen.

Also wurde die Kugel richtig platziert und dann begann der Spaß wirklich. Jeder Mitspieler bekommt ein Buttermesser. Dann darf einer nach dem anderen vorsichtig in den Mehlberg hineinschneiden und das Messer ebenso vorsichtig wieder herausziehen, um das Mehl nicht zu erschüttern und damit die Kugel von der Spitze herabfallen zu lassen. Wenn jeder einmal an der Reihe war, beginnt man von vorn. Natürlich wurden wir alle ungeduldig und das ließ uns scheitern. Die meisten von uns lachten über die anderen, als das Mehl zu rutschten und die Kugel einzusinken begann!

Und was, glaubt Ihr, geschieht, wenn die Kugel im Mehl versinkt? Wir legen unsere Messer weg und tauchen nacheinander Nase und Kinn in das Mehl, um die Kugel zu finden. Es ist verboten, die Hände zu benutzen. Die einzig erlaubte Möglichkeit, die Kugel herauszuholen, ist, den Mund zu benutzen.

Natürlich wollten in diesem Stadium nicht mehr viele Mehlschneiden spielen. Charlotte zum Beispiel wollte ihr Gesicht nicht ins Mehl tauchen und Lady Paget auch nicht. Theo war auch nicht darauf erpicht, aber ich sagte, ich würde mehr als nur ein wenig verärgert sein, wenn er nicht mehr mitspielte. Wenn schließlich M'sieur Harcourt mutig genug war, sein Gesicht ins Mehl zu senken, so wie ich, warum dann nicht auch Theo? Also blieben nur wir drei, während die anderen sich zurückzogen und uns erstaunt beobachteten, denn, Monseigneur, ich war fest entschlossen, diese Kugel zu finden, ohne Rücksicht auf das Mehl auf meinem Gesicht oder meinem Kleid!

Aber ich muss Euch sagen, Mehl und Lachen passen nicht gut zueinander! Ich hatte solchen Spaß, dass ich nicht aufhören konnte zu kichern, als ich sah, wie M'sieur Harcourt und Theo von Mehl bedeckte Gesichter hatten, aus denen mich nur ihre Augen anblinzelten! Mir wurde klar, dass ich ihnen den gleichen lächerlichen Anblick bieten musste, denn wir lachten so sehr, dass wir das Mehl über den ganzen Tisch pusteten! Und der arme M'sieur Harcourt hatte am Ende einen Husten- und Niesanfall, weil er etwas von dem Mehl einatmete und es ihm in die Nase stieg und seine Augen wollten nicht mehr aufhören zu tränen. Bald war sein Gesicht nicht nur von Mehl bedeckt, sondern von einer Art seltsamem Teig, als seine Tränen sich mit dem Mehl mischten und es zu Klumpen werden ließ. Der Anblick war abscheulich, aber Theo und ich lachten nur noch mehr. Und deshalb konnte dieser Kreislauf der Albernheit nicht beendet werden!

Natürlich gefiel es Großmutter nicht zu sehen, wie das Spiel so albern wurde und sie versuchte, ihm ein Ende zu bereiten, aber in diesem Moment hob Theo mit einem riesigen, dramatischen Pusten den Kopf aus dem Mehl und da klemmte zwischen seinen Zähnen in seinem grinsenden Mund die Kugel!

Alle klatschten wie wild, ich glaube, vor Erleichterung, aber am meisten lachten sie wohl über Großmutter, denn als sie herantrat, um unserer Albernheit ein Ende zu bereiten, geschah das genau in dem Moment, als Theo den Kopf hob und das Mehl auf seinem Gesicht erhob sich zu einer großen, weißen Wolke, als er ausatmete und bedeckte Großmutter von Kopf bis Fuß!

Daher versteht Ihr sicher, warum ich möchte, dass Vallentine mit mir Mehlschneiden spielt.

Ich möchte Euch noch von einem anderen Spiel erzählen, bevor ich diesen Brief abschließe und zu schlafen versuche, denn es ist jetzt sehr spät und meine Kerze wird bald zu flackern beginnen. Ich könnte eine neue anzünden, doch Großmutter lässt jetzt die Hausmädchen meine Kerzen zählen und ihr berichten, damit sie feststellen kann, wie viele Stunden ich nachts wach war, wenn ich eigentlich schlafen sollte.

Ich würde gerne denken, dass sie so etwas tut, weil sie sich um mein Wohlergehen sorgt, doch so naiv bin ich nicht. Sie macht sich Sorgen, das stimmt, doch Sorgen, dass ich nachts wach liegen könnte, wenn sie einen ihrer Liebhaber empfängt und dass ich das Kommen und Gehen in ihrem Schlafzimmer hören könnte. Diese Liebhaber bleiben nicht über Nacht und daher müssen die Lakaien wach bleiben, um diese Speichellecker (kein schönes Wort, das ich Theo für diese Männer, die seine Mutter besuchen, habe benutzen hören) zur Tür begleiten, wenn es Zeit für sie ist zu gehen. Eines nachts entstand großer Lärm vor meinem Zimmer und ich bin sicher, dass es einer dieser Männer war, der — vermutlich über seine eigenen Füße — stolperte, als er in die Nacht hinauseilte.

Doch ich will nichts weiter hierüber schreiben, denn ich glaube, ich habe dieses nächtliche Kommen und Gehen bereits in einem früheren Brief erwähnt und es zu wiederholen würde Euch nur langweilen. Doch was ich wegen dieser körperlichen Beziehungen wiederholen muss, ist, dass, obwohl meine Großmutter und ihre Liebhaber sicher eine vorübergehende Befriedigung ihrer Körper finden, ihr Herz, wie ich mir ziemlich sicher bin, unbefriedigt und ihr Inneres leer bleibt. Ich verstehe nicht, wozu es gut sein soll, sich körperlich zu befriedigen, wenn man nicht mit Herz und Seele bei einer so schönen Aktivität dabei ist. Nur dann kann man wirklich befriedigt sein. Diese Männer sind jung genug, um ihre Söhne zu sein und ich bin völlig sicher, dass sie überhaupt nicht ihren Verstand zum Denken benutzen und ganz sicher ihre Herzen vor der Tür lassen. Doch ich kann nicht leugnen, dass diese nächtlichen Treffen dazu führen, dass ich Euch noch mehr vermisse, denn ich vermisse es so sehr, Euch zu lieben. Doch dieses Gefühl vergrößert nur meine innere Leere, denn meine Seele und mein Herz sind ohne Euch nur noch ärmer. Am meisten vermisse ich es, in Eurem großen Bett in Euren Armen zu liegen, halb schlafend, halb wach, alle Decken und Kissen um uns herum aufgestapelt und wir zwei eingekuschelt, fort von der Welt, fort von allem und jedem. Nur wir beide.

Seht Ihr, jetzt habe ich die Tinte mit einer Träne befeuchtet und Ihr werdet mich meiner Sentimentalität halber für ein großes Baby halten, doch ich kann sie nicht unterdrücken. Es liegt daran, was ich empfinde und wie ich mich fühle.

Jetzt habe ich meine Augen getrocknet und werden noch ein wenig weiterschreiben und dann schlafen. Vielleicht werde ich morgen aufwachen und einen Brief von Euch auf mich warten finden.

Also dieses andere Spiel, das wir heute Abend spielten, nachdem wir uns von dem Mehl gereinigt hatten — wenn auch nicht sehr erfolgreich, da Theo und ich noch nach einer Stunde immer wieder über das Aussehen des anderen lachen mussten. Wir müssen uns ständig angegrinst haben, denn Großmutter wollte wissen, was unser heimlicher Scherz wäre, und es spielte keine Rolle, dass wir ihr sagten, es gäbe keinen. Sie dachte, wir würden ihr etwas verschweigen!

Zu diesem anderen Spiel gehört eine Schüssel Brandy, einige Rosinen und Mandeln, und Feuer, um den Alkohol anzuzünden. Die Rosinen und Mandeln werden in die Schüssel gegeben und dann Brandy darüber geschüttet, gerade genug, um sie zu bedecken. Dann wird der Brandy angezündet! Ja! Sodass es eine blaue Flamme gibt und die Schüssel leuchtet! Es lässt einem Herz und Atem stillstehen, wenn die Spieler dann ihre Finger in diese Flamme tauchen müssen, um so viele der Früchte und Nüsse herauszuholen, wie sie können, bevor sie sich verbrennen. Jeder Spieler kommt an die Reihe und je nachdem, wie viele Mandeln und Rosinen er bei jedem Mal hochholt, werden noch mehr hinzugefügt und auch noch mehr Brandy, und wieder angezündet!

Ich kann Euch aber versichern, dass keiner von uns sich die Finger verbrannt hat. Und die Gentlemen entfernten die Spitzen an ihren Handgelenken oder zogen sie hoch, damit sie nicht Feuer fangen würden, wie es wohl einem Gast bei einer anderen Gesellschaft passiert ist, dessen Spitzen Feuer fingen und der dann schreiend durch das Zimmer lief. Theo sagt, er hätte sich nicht schlimm verbrannt, aber es wäre ein Schock gewesen.

Ich habe es geschafft, für meine Mühe fünf Mandeln und zwei Rosinen zu angeln. Aber ich musste kichern, das half nicht. Das Beste an diesem Spiel ist es, die Gesichter der anderen zu beobachten, wenn sie ihre Finger in die Flammen tauchen, zuerst entsetzt und konzentriert, dann, wenn sie sich nicht sofort verbrennen, entspannen sie sich ein wenig, was aber falsch ist, denn dann wird man selbstgefällig, und dann brennt die Flamme, wenn man zögert.

Jetzt muss ich schließen, ich werde schläfrig. Morgen in meinem Brief werde ich Euch alles über das Aufhängen des Mistelzweigs erzählen und wie es, wenn man darunter gerät, Pflicht ist, die Person zu küssen, die neben einem steht (wenn sie vom anderen Geschlecht ist). Ich habe beschlossen, wenn wir eines Tages ein Haus teilen und es Weihnachtszeit ist, die Diener anzuweisen, einen Mistelzweig über jede Tür zu hängen, was uns eine Gelegenheit geben wird, uns zu küssen, sobald wir von einem Zimmer ins andere gehen. Keine Sorge, ich werde aufpassen, in dieser Weihnachtszeit nicht unter Türrahmen herumzustehen ...

Ich vermisse Eure Gesellschaft so sehr und noch mehr, wenn das möglich ist, zu dieser Jahreszeit, wo die ganze Familie versammelt ist und sich großartig amüsiert. Es scheint nicht recht zu sein, das zu tun, ohne dass Ihr hier bei uns seid.

Alles Liebe,
Antonia

*Mlle Moran, Hanover Square, Westminster, England, an Signora Maria Giovanna Casparti, Fitzstuart Il Palazzo, San Marco, Venezia.*

*[Aus dem Italienischen übersetzt.]*

Hanover Square, Westminster, England
Februar 1746

Gentile Signora, Bitte verzeiht, dass ich Euch keinen Brief mit allen Einzelheiten über meinen Aufenthalt hier schreibe oder dass dieser Brief nicht all Eure vielen Fragen so beantwortet, wie ich es Euch schulden würde. Doch in meinem gegenwärtigen Zustand kann ich an nichts anderes als meine missliche Lage denken, und dass Ihr, wenn ich Euch alles gestehe, sehr schlecht von mir denken werdet. Doch ich bete, dass Ihr, liebste Maria, mir dies und vieles andere dazu verzeihen werdet.

Warum sieht meine Schrift so schrecklich aus? Weil mein Herz brechen will. Ich habe wenig geschlafen, daher bitte ich Euch um Verzeihung für meine Handschrift und mein schlechtes Italienisch. Oh, wie ich wünschte, dass dies alles wäre, was Ihr mir vergeben müsstet! Das sind die geringsten meiner Sorgen.

Maria, letzte Nacht ging ich ins Theater und wer anders tauchte in der Pause auf als M'sieur le duc de Roxton! Ja, ich sage Euch, es war Monseigneur, der endlich nach Hause gekommen war.

Und ohne, dass mir jemand ein Wort verraten hätte, das dieses Ereignis bevorstand. Sie — *grandmère*, Theo, Lady Paget, Charlotte — sie hatten sich alle verschworen, seine Rückkehr vor mir geheim zu halten. Warum? Warum sollten sie so etwas tun, es sei denn, dass er selbst es vor mir geheim halten wollte? Doch dann frage ich mich wieder, warum, wie ich mich so viele Male in diesen letzten Monaten gefragt habe, warum hat er keinen meiner Briefe beantwortet?

Ach, Maria, mein Kopf und mein Herz schmerzen so sehr. Meine Augen haben keine Tränen mehr, die sie vergießen könnten, doch ich kann mein Herz nicht verhärten. Ich war so glücklich, ihn zu sehen, dass ich zu ihm eilte ohne einen Gedanken daran, wo wir waren oder wer bei uns war und damit herausplatzte, wie sehr ich ihn vermisst hätte. Ich erwartete wenigstens, dass er Freude darüber zeigen würde, mich zu sehen. Doch, nein. Er beschuldigte mich, nicht in Worten, aber in dem Ausdruck seiner Augen las ich es, dass ich ihn in der Öffentlichkeit in Verlegenheit brächte. Ich hätte daran denken müssen, dass der Edelmann, der der Öffentlichkeit bekannt ist, so anders ist als der Gentleman, den ich privat kenne.

Natürlich musst M'sieur le duc de Roxton verärgert sein, dass er an einem öffentlichen Ort so angesprochen wurde, während Renard mich in seinem Schlafgemach bereitwillig in seine Arme genommen hätte und mit mir durch den Raum gewirbelt wäre, bis wir beide schwindlig würden und zwischen die Kissen fallen müssten, um nicht auf dem Boden zusammenzubrechen, und die ganze Zeit dabei lachen würden!

Ich versuche, mich damit zu trösten, dass, was auch immer vom heutigen Tag an geschieht, ich immer die Erinnerung an diese sechs wundervollen Tage haben werde, die wir zusammen verbrachten, nur wir zwei allein in seinen Räumen. Ich habe

Euch in einem früheren Brief erzählt, wie ich mich M'sieur le duc hingegeben habe und ich bereue es noch immer nicht. Überhaupt nicht. Nicht einmal heute Morgen, während ich Euch diesen Brief schreibe und meine Augen ganz rot und geschwollen sind und ich immer noch nicht weiß, ob er mich so liebt wie ich ihn.

Doch bevor ich fortfahre, bitte, Ihr müsst mir glauben, wenn ich Euch sage, dass er mich nicht verführt hat. Ich erinnere mich, dass dies eine Eurer Fragen war. Habe ich wirklich meine eigene Verführung inszeniert? Das muss ich nachdrücklich bejahen! Er wäre niemals in meine Räume eingedrungen. Doch ich ging in seine, in der Nacht, in meinem Nachthemd und mit dem Haar lose über meinem Rücken — wie hätte er mir da widerstehen können? Ha! Da, es so aufzuschreiben, hat mich erneut über meine Verruchtheit kichern lassen und ich fühle mich dadurch etwas besser. Stellt Euch das vor, ich, ein unwissendes kleines Dummchen, was Schlafzimmerangelegenheiten angeht, wie ich den größten *roué* von ganz Paris verführte! Ich stelle mir auch vor, dass M'sieur le duc jetzt Zeit hatte, darüber nachzudenken, und verblüfft darüber ist, wie bei diesem Spiel der Verführung unsere Rollen vertauscht waren. Denn sicher sollte doch ein großer Lebemann der Verführer sein, nicht die hübsche *ingénue*? Vielleicht kann seine so große Arroganz diese schlichte Wahrheit nicht ertragen und deshalb hat er mich letzten Abend mit der kalten Verachtung behandelt, die er sonst für andere reserviert?

Doch mir ist egal, wer unsere Affäre initiiert hat. Für mich ist nur wichtig, dass es sie gab! Aber ich tadele weder ihn noch mich selbst und möchte keine Minute jener Zeit missen. Selbst jetzt, jetzt, wo mein Leben sich in der schockierendsten Weise ändern wird.

Meine liebste Maria, gerade, wenn Ihr denken werdet, ich könnte Euch nicht mehr schockieren, werde ich es, wie ich denke, wenn ich Euch verrate, dass ich fast sicher bin, obgleich ich es leugnen möchte, dass ich es bin — *enceinte*.

Ich habe es niemandem erzählt, doch ich vermute, dass meine Zofe Gabrielle es weiß. Natürlich muss sie es wissen! Ihr werdet mich für eine noch größere Närrin halten, weil ich zuließ, dass dies geschah. Doch wie hätte ich anders können? Wie hätte ich diese Folgen vorhersehen können? Jetzt werdet Ihr mich nur für noch törichter halten. Doch um ehrlich zu sein, das letzte, was mir in den Sinn kam, als wir uns liebten, war die Möglichkeit, schwanger zu werden! Nachdem diese Möglichkeit nun fast zu einer Sicherheit geworden ist, macht es mir überhaupt nichts aus.

Wenn mein Zustand eines bewirken wird, dann, dass die Pläne des Comte de Salvan, mich mit Étienne zu verheiraten, damit enden werden. Obwohl ich es nicht für unmöglich halte, dass die Intrigen meiner Großmutter so weit gehen könnten, mich nur umso schneller mit dem Vicomte zu verheiraten. Deshalb muss ich fort von hier, bevor mein Zustand offensichtlich wird. Und, weil ich keine Last oder Schande für meine Familie oder M'sieur le duc sein möchte, insbesondere, wenn er meine Gefühle nicht wirklich erwidert.

Deshalb hoffe ich, dass Ihr meinem Plan, zu Euch zu kommen, zustimmen werdet, damit ich mein Baby in Venedig bekommen kann.

Werdet Ihr mich aufnehmen, liebste Maria? Ich kann mir niemand anderen vorstellen, der mit meiner Notlage Mitgefühl hätte, der sich um mich kümmern würde und, wenn die Zeit kommt, auch um mein Baby. Denn ich will es behalten, nicht fortgeben, wie es, wie ich hörte, bisweilen mit den Kindern geschieht, die Frauen aus guter Familie unehelich zur Welt bringen. Warum sollte ich ein Kind fortgeben, das von meinem Fleisch und Blut ist, und das in Liebe empfangen wurde; davon bin ich überzeugt! Ich habe die Mittel, ihm ein schönes Leben zu gewähren, wenn auch ohne einen Vater, und es wird ihm nie an Liebe oder Komfort fehlen, auch wenn seine Möglichkeiten durch den Makel seiner Geburt eingeschränkt sein werden.

Ach, Maria, ich bin so traurig. Ich kann gegen meine Gefühle für ihn nichts tun und für dieses Baby, das erst noch geboren werden muss. Ich weiß, Ihr werdet mich für eine kleine Närrin halten, doch ich vermute, wenn man aus tiefstem Herzen liebt, ist die Verzweiflung, wenn sie kommt, umso größer. Ich bezweifle, dass mein Herz sich erholen wird. Doch, um dieses neuen Lebens willen, bin ich entschlossen, mich nicht in Selbstmitleid zu suhlen. All unsere Entscheidungen haben gewisse Konsequenzen und daher muss ich diese in Kauf nehmen und das Beste daraus machen.

Jetzt darf ich nicht weiterschreiben. Gabrielle war bereits zweimal bei mir, da Charlotte herkommt, um mich zum Haus ihres Bruders zu begleiten. Ich werde dies von seinem Haus aus abschicken, nicht von hier, da ich den Verdacht hege, dass meine Briefe gelesen werden, zumindest vermutet Gabrielle dies. Ich bin nicht ganz sicher, ob dem so ist. Ich hoffe, Eure Antwort innerhalb des nächsten Monats zu erhalten. Unterdessen werde ich Pläne für meine Abreise machen.

Es grüßt und küsst Euch,
Antonia

*Renard, Herzog von Roxton, an Antonia, Herzogin von Roxton.*

*[Am Morgen nach ihrer Hochzeitsnacht
auf Antonias Frisiertisch hinterlegt.]*

Antonia, ich liebe Dich. Drei einfache kleine Worte, die ich noch nie einer anderen lebenden Seele, nur Dir gegenüber, ausgesprochen oder schwarz auf weiß aufgeschrieben habe. Ich werde nie wieder eine andere so lieben, wie ich Dich liebe. Nie wird eine andere so kostbar für mich sein, wie Du es bist. Ich werde immer nur Dich lieben.

Dies ist der glücklichste Tag meines Lebens. Denn es ist der erste Tag vom Rest meines Lebens, meines Lebens mit Dir. Nicht gestern, als wir heirateten, mit allen Zeugen dabei, vor dem Pfarrer, und wiederholten, was andere vor uns gesagt haben und nach uns erneut sagen werden. Ich war so nervös und Du so gefasst. Ich konnte nicht erwarten, dass die Zeremonie enden und unsere Gäste gehen würden. Gestern waren wir noch auf dem Weg, doch heute, jetzt, hier, sind nur noch wir beide, heute bin ich Dein Mann und Du bist meine Frau. Es macht mich immer noch benommen, solche Worte zu schreiben, denn ich glaubte ehrlich, ich würde niemals heiraten. Und dann bist Du in mein Leben getreten, oder sollte ich sagen, gefegt, wie ein Wirbelwind aus Seide und Lächeln ...

Jetzt schläfst Du friedlich in unserem Bett, während ich keinen Schlaf finde. Ich habe Angst davor, einzuschlafen und aufzuwachen und festzustellen, dass Du fort bist, Angst davor, wieder allein zu sein. Ich bin sicher, dass diese Angst geringer werden wird mit jeder Nacht, die wir als verheiratetes Paar miteinander verbringen, bis ich eines Tages mit Dir in meinen Armen einschlafe und aufwache, um Dich noch immer in meine Umarmung gekuschelt vorzufinden und es für das Natürlichste auf der Welt zu halten. Doch glaube keinen Augenblick, dass ich Dich oder unsere Ehe je als selbstverständlich betrachten werde. Das alles ist mir so kostbar; von jetzt an schwöre ich, unsere Ehe für den Rest unserer Tage zu hegen und zu pflegen.

Du hast mir gesagt, dass Du, nachdem wir einmal ein Bett geteilt hatten, feststellen musstest, ohne mich nicht mehr schlafen zu können. Ich kann nicht mehr länger ohne Dich leben. Denn bei Dir bin ich der, der ich wirklich zu sein bestimmt bin. Ich frage mich jetzt, ob ich wie ein Toter herumgewandelt bin, oder wie ein Geist, sehen, hören und Dinge berühren konnte, ohne jedoch die Fähigkeit zu besitzen, etwas zu empfinden. Es ist, als wäre ich durch das Leben geschwebt, ohne etwas davon zu erleben. Wann bin ich so geworden? Wie bin ich in diesem gelähmten Zustand durch die Säle der Könige gewandelt: habe gegessen, ohne etwas zu schmecken, geschaut, ohne zu sehen, berührt, ohne zu fühlen. Und all die Zeit mit einem Herzen, das voller Verachtung war und einer Seele, die verschwendet wurde. Bis Du kamst.

Ich habe mein Erbe immer für eine Last gehalten, die ich tragen müsste, und in der allerarrogantesten Art und Weise. Ich war mir meiner herausragenden Stellung in dieser Welt nur zu bewusst und muss zugeben, eingebildet und eitel zu sein. Ich habe oft ohne Rücksicht auf die Folgen für andere genommen, ohne freigiebig etwas zurückzugeben. Ich bin von Natur aus vorsichtig und zurückhaltend. All dies weißt Du und akzeptierst Du und bist nie in Ehrfurcht vor mir erstarrt. Noch hast Du je mein Recht bestritten, so zu sein, wie ich bin. Du liebst mich bedingungslos, und dadurch allein bin ich gesegnet. Du hast mir ein wundervolles Geschenk gemacht.

Du warst immer bereit, in erster Linie das Gute in anderen zu sehen, und nur das Beste für sie zu wünschen. Ich staune darüber, wie Du an jedem Tag die größte Freude am Leben findest. Dich anzuschauen, bei Dir zu sein, in deiner Gesellschaft das Leben zu erleben, heißt, vollständig zu sein.

Für Dich allein bemühe ich mich, ein besserer Mensch zu sein; ein besseres Leben zu führen; seine Freuden und Vergnügungen zu erfahren; Dich nie zu enttäuschen; und nie will ich einen einzigen Augenblick des Lebens verschwenden, das mir bleibt — mit Dir.

Diesem Brief lege ich ein paar Verszeilen bei, mit einer Entschuldigung an die Dichterin des siebzehnten Jahrhunderts, dass ich mir mit ihrem Gedicht Freiheiten herausgenommen habe.

Dir gehört mein ganzes Herz, mein Körper und meine Seele.

Ich bin auf ewig Dein,
Renard

RENARDS GEDICHT AN ANTONIA
*Oft I've conjured thee to appear*
*By youth, by love, by all their powers,*
*Have searched and sought thee everywhere,*
*In silent groves, in lonely bowers:*
*On flowery beds where lovers wishing lie,*
*In sheltering woods where sighing maids*
*To their assigning shepherds hie,*
*And hide their blushes in the gloom of shades.*
*Yet there, even there, though youth assailed,*
*Where beauty prostrate lay and fortune wooed,*
*My heart, insensible, to neither bowed.*

*In courts I sought thee then, thy proper sphere,*
*But thou in crowds were stifled there,*
*Interest did all the loving business do,*
*Invite the lovers and maids too.*
*Thy mighty force through every part,*
*What god, or human power did thee create*
*In me, till now, unfacile heart?*
*Yes, yes, my love, I have found thee now;*
*And found to whom thou dost thy being owe,*
*'Tis thou the blushes dost impart,*
*'Tis thou that tremblest in my heart.*

*I faint, I die with pleasing pain,*
*My words intruding, sighing break*
*When e'er I touch thy beauteous form,*
*When e'er I gaze, when e'er I speak.*
*Thy conscious fire is mingled with my love,*
*As in the sanctified abodes*
*Forevermore…*

*Chevalier Frederick Moran, Moran Il Palazzo, San Marco, Venedig, an die höchst ehrenwerte Gräfin von Strathsay, Hanover Square, Westminster, London, England.*

Moran Il Palazzo, San Marco, Venezia
Februar 1743

Madam,

Zweifellos muss ein Brief Eures Euch entfremdeten Schwiegersohns nach Abwesenheit jeder Kommunikation seit mehr als sechs Jahren wie ein Blitzschlag erscheinen, unerwartet und unerwünscht. In der Tat habe ich Euch nur zu zwei früheren Gelegenheiten geschrieben. Ich wähle nicht das Wort „korrespondiert", denn ich habe keinerlei Antwort von Euch erhalten. Und das kam für mich nicht überraschend.

Daher erwarte ich auch auf dieses Schreiben keine Antwort. Ich werde schlicht davon ausgehen, dass Ihr es erhaltet und meine Worte vermutlich, wie Ihr es mit meinen früheren Briefen getan haben dürftet, dem Feuer in Eurem Kamin übergebt. Jedoch habe ich keinen Zweifel, dass Ihr diese Nachricht lesen werdet, denn wie könntet Ihr anders? Ihr seid ein weibliches Wesen mit seichtem Verstand und Verständnis, also müsst Ihr alle Briefe lesen, ungeachtet der Gefühle für den Schreibenden zwingt Euch Eure Neugier dazu.

Ihr mögt meine Briefe den Flammen überantworten, doch werden meine Worte für immer auf Eurem Gewissen lasten. Daran hege ich nicht den Hauch eines Zweifels. Doch lasst mich Eure Neugier befriedigen, warum der Ehemann Eurer Tochter und Vater Eurer einzigen Enkelin sich die Mühe machen sollte, Tinte zu verschwenden, um Euch zu schreiben — Euch, Madam, die es versäumt hat, auch nur die geringste mütterliche Zuneigung oder Liebe für Eure Tochter oder meine aufzubringen.

Ich schreibe aus Höflichkeit, nichts sonst. Denn während Ihr nicht den Anstand besitzen mögt, Euer eigenes Fleisch und Blut anzuerkennen, verbietet mir die Ehre, mich zu Euch in die Gosse zu gesellen.

Ich weiß aus guter Quelle, dass Euer Sohn ein anständiger Mann ist und so scheint es, dass Eure beiden Kinder ihr Ehrgefühl und die Tiefe der Gefühle von ihrem Vater geerbt haben. Wenn nicht die Tatsache wäre, dass meine Frau Eure flammend rote Mähne hatte und meine Tochter Eure außergewöhnliche körperliche Schönheit, hätte ich daran gezweifelt, dass Ihr selbst Kinder aus Eurem Körper hervorgebracht habt, statt aus einer in Euer Bett gestellten Wärmepfanne!

Ich schrieb Euch bei dem glücklichen Anlass der Geburt unseres einzigen Kindes, einer Tochter, Antonia Diane. Sie war so erwünscht und ihre Geburt wurde so herbeigesehnt. Sie hat mich nie enttäuscht. Sie ist ein Segen und war eine Freude vom Augenblick ihres ersten Schreis an. Und was sie an Schönheit geerbt hat, besitzt sie zehnfach an Intelligenz, Neugier und Barmherzigkeit. Nennt mich exzentrisch bezüglich meiner eigenen Intelligenz, doch ich habe immer die Dummheit beklagt, dass man überlegener Intelligenz nicht erlaubt, ihr volles Potenzial durch Studien an Universitäten zu erreichen, ungeachtet der familiären Umstände oder des Geschlechts. Antonia hätte eine ausgezeichnete Gelehrte abgegeben und wäre zweifellos in die Fußstapfen ihres Vaters getreten und Arzt geworden, hätte man ihr erlaubt, ihr volles intellektuelles Potenzial zu erreichen. Ich habe sie gelehrt, so gut ich konnte, und Tutoren beschäftigt, als ob sie in der Tat mein männlicher Erbe wäre und sie hat all meine Erwartungen übertroffen. Sie kann Latein, Griechisch, Französisch und Italienisch sprechen, lesen und schreiben, ebenso das Englische. Sie ist eine begeisterte Leserin und überaus wissbegierig. Und dabei ist sie erst fünfzehn Jahre alt! Ich wünschte, mir würde mehr Zeit auf dieser Erde gewährt, um sie zur Frau herangewachsen zu erleben. Doch ich schweife ab zu einem Thema, das für Euch nicht von Interesse sein kann.

Habt Ihr, Madam, ein Wort des Lobes oder des Willkommens bei der Geburt Eurer Enkelin geschickt? Habt Ihr je nach dem Wohlergehen Eurer einzigen Tochter nach einer langen und schwierigen Geburt gefragt? Keinen Tropfen Tinte von Eurer Feder hattet Ihr übrig, Ihr herzloses Geschöpf!

Das einzige weitere Mal, dass Ihr den Vorzug hattet, meine Handschrift zu sehen, war, um vom Tod Eurer Tochter im Kindbett zu erfahren. Meine geliebte, süße Jane tat ihr Bestes, um mir einen Sohn zu schenken, nur, um bei dem Versuch zusammen mit dem Kind zu sterben. Ich hatte nicht einmal den Trost, meinen toten, kleinen Sohn in den Armen halten zu können. Ich weinte um beide, doch besonders bitterlich und lange wegen des vorzeitigen Todes meiner Liebe im zarten Alter von nur zweiundzwanzig. Ich habe sie seit ihrem Dahinscheiden an jedem Tag vermisst. Und meine Tochter wuchs ohne den Vorzug der Liebe und Fürsorge einer Mutter auf. Ihr müsst gesehen haben, wie sich auf dem Brief, den ich Euch zur Information über ihren Tod sandte, meine Tränen mit der Tinte mischten, und kein Wort des Trostes, kein Stäubchen Mitleid oder des Verständnisses oder geteilten Kummers hattet Ihr für uns übrig.

Also warum versuche ich bei dieser Gelegenheit, Euer Gewissen zum Handeln wachzurütteln? Weil, Madam, ich im Sterben liege. Ich bitte nicht um Euer Mitgefühl und will es auch nicht. Ich habe Schmerzen, doch fürchte ich den Tod nicht. Der Tod wird mich von allen irdischen Gefühlen befreien und mich wieder mit meiner Frau und meinem Sohn vereinen. Doch ich werde ihm mit jeder Faser meines Seins widerstehen, bis ich darüber beruhigt bin, dass die Zukunft meiner Tochter gesichert ist. Antonia wird als Waise zurückbleiben und ich bin sicher, dass dies vor ihrem sechzehnten Geburtstag geschehen wird. Sie wird allein in der Welt stehen, abgesehen von ihrem Großvater — Eurem Euch entfremdeten Ehemann — Euch und Eurem Sohn — ihrem Onkel.

Für Antonia seid Ihr alle Fremde und da Euch jedes mütterliche Gefühl fehlt, Madam, wäre es besser für sie, wenn der Lumpensammler auf den Stufen vor unserer Villa ihr Vormund würde.

Während ich alles Vertrauen darin habe, dass ihr Großvater ihr zu Hilfe kommen würde, ist er doch alt und gebrechlich, und man sagt, er würde diese Welt noch vor mir verlassen. Und daher habe ich mich an einen gewandt, von dem ich weiß, dass er seine Pflicht als Oberhaupt dieser Familie, zu der meine Tochter gehört, tun wird, und es übernehmen wird, Vollstrecker meines letzten Willens und Testaments zu werden. Ich spreche von Seiner Gnaden, dem hochedlen Herzog von Roxton, Eurem Cousin.

Und neben dem Herzog als Testamentsvollstrecker habe ich Euren Sohn, Theophilus Fitzstuart, den 2. Earl von Strathsay (denn er wird diesen Titel bald erben) zum Vormund meiner Tochter bestimmt, bis zu ihrem einundzwanzigsten Geburtstag, an dem sie mein beträchtliches Vermögen erben wird.

Ihr werdet Euch fragen, warum ich Euch solche banalen und für Euch unwichtigen Einzelheiten mitteile. Weil ich es Euch verbiete, in irgendeiner Art und Weise in die Zukunft meiner Tochter einzugreifen. Ihr habt während meines Lebens nicht einmal den Versuch gemacht, nach ihr zu fragen, also versucht nicht, wenn ich fort bin, Euch in ihr Leben zu drängen. Ich kenne Euch besser, als Ihr glaubt — wenn Ihr dächtet, dass es eine Möglichkeit gäbe, meine Tochter als Waffe gegen Euren entfremdeten Ehemann zu verwenden, würdet Ihr es tun.

Wisset — ich habe seiner Lordschaft geschrieben und Eurem Ehemann meine volle Unterstützung angeboten, sollte es wegen der Vormundschaft über meine Tochter und ihres Erbes irgendwelche Streitigkeiten geben. Unter keinen Umständen habt Ihr Euch einzumischen.

Mein einziges Zugeständnis an Euch ist es, dass ich die Seele meiner Tochter nicht gegen Euch vergiftet habe. Sie weiß nichts von Eurem verwerflichen Verhalten und ich hoffe, dass es so bleiben wird. Ich tat dies zu ihrem Besten, nicht zu Eurem, und erlaubte ihr, mit dem Märchen aufzuwachsen, dass sie freundliche und liebevolle Großeltern hätte und einen liebevollen Onkel, denen allen an ihrem Wohlbefinden gelegen wäre — aber eben aus der Ferne von Englands Küsten. Ihr werdet vermutlich über meine Dummheit spotten, aber irrt Euch nicht. Ich habe jedes Vertrauen in die Intelligenz meiner Tochter. Fünf Minuten in Eurer Gesellschaft, Madam, und sie wird sich zweifellos ihre eigene Meinung über Euch bilden, die die meine getreu reflektieren wird! Sie ist keine Närrin. Ihr würdet gut daran tun, Euch daran zu erinnern, solltet Ihr einander je begegnen.

Ich weiß, dass wir uns nie wiedersehen werden. Mein Gewissen und mein Leben sind ohne Makel, daher bin ich für den Himmel bestimmt. Ich bin sehr sicher, dass meine Ewigkeit und Eure verschiedene Wege gehen werden.

Euer Schwiegersohn,
Chevalier Frederick Moran

*[Dieser achte und zusätzliche Brief ist hier, am Ende des ersten Satzes von Briefen, enthalten und nicht chronologisch eingefügt, weil er nicht zu der Korrespondenz gehörte, die im geheimen Treppenhaus von Treat entdeckt wurde, sondern immer im Besitz der Earls von Strathsay war. Es wurde großzügig zum Kopieren und zur Aufnahme in diesen Band von Lady Violet Fitzstuart, der ältesten Tochter des 8. Earl von Strathsay und Schwester des gegenwärtigen (und 9.) Earl zur Verfügung gestellt. Er hilft unermesslich beim Verständnis der frühen Jahre von Antonia Moran vor ihrer Heirat mit dem 5. Herzog von Roxton, während derer sie mit ihrem Vater, dem angesehenen Arzt und Professor für Medizin, dem Chevalier Frederick Moran, in Venedig lebte. Der Chevalier schrieb diesen Brief kurz vor seinem Tod an seiner letzten Krankheit, der seine junge Tochter als Waise zurückließ.]*

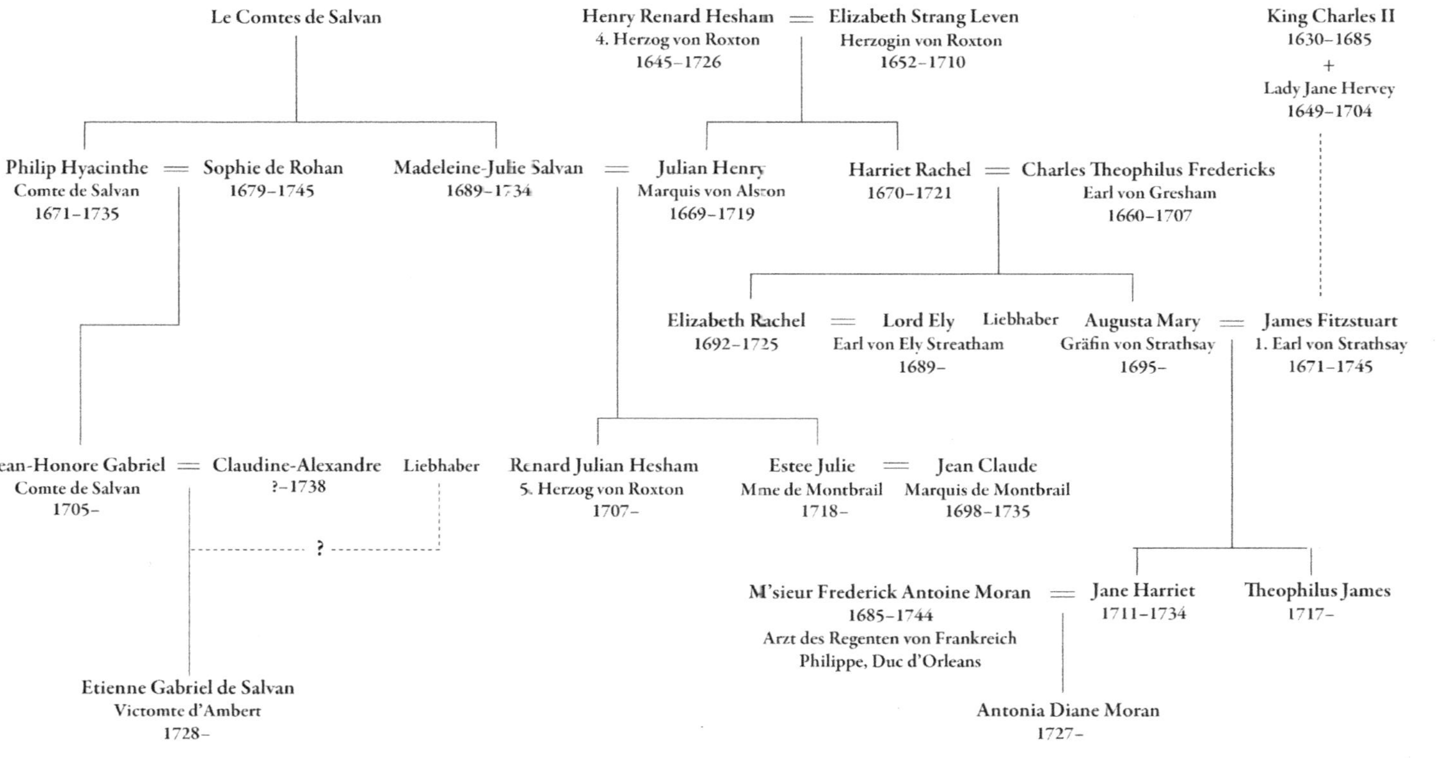

Le Comtes de Salvan
Henry Renard Hesham
4. Herzog von Roxton
1645–1726
Elizabeth Strang Leven
Herzogin von Roxton
1652–1710
King Charles II
1630–1685
+
Lady Jane Hervey
1649–1704
Philip Hyacinthe
Comte de Salvan
1671–1735
Sophie de Rohan
1679–1745
Madeleine-Julie Salvan
1689–1734
Julian Henry
Marquis von Alston
1669–1719
Harriet Rachel
1670–1721
Charles Theophilus Fredericks
Earl von Gresham
1660–1707
Elizabeth Rachel
1692–1725
Lord Ely
Earl von Ely Streatham
1689–
Liebhaber
Augusta Mary
Gräfin von Strathsay
1695–
James Fitzstuart
1. Earl von Strathsay
1671–1745
Jean-Honore Gabriel
Comte de Salvan
1705–
Claudine-Alexandre
?–1738
Liebhaber
Renard Julian Hesham
5. Herzog von Roxton
1707–
Estee Julie
Mme de Montbrail
1718–
Jean Claude
Marquis de Montbrail
1698–1735
M'sieur Frederick Antoine Moran
1685–1744
Arzt des Regenten von Frankreich
Philippe, Duc d'Orleans
Jane Harriet
1711–1734
Theophilus James
1717–
Etienne Gabriel de Salvan
Victomte d'Ambert
1728–
Antonia Diane Moran
1727–
?

# BRIEFE ZU HEIRAT UM MITTERNACHT

*Estée, Lady Vallentine, Hesham House, Hanover Square, London, an Lucian, Lord Vallentine, Ffolkes Abbey, Ely, Essex.*

Hesham House, Hanover Square, London
August 1761

Lucian, Du musst sofort nach London zurückkehren! Wir brauchen Dich — Roxton braucht Dich.

Etwas ... etwas absolut Schockierendes ist passiert. Ich kann mich kaum dazu bringen, es zu schreiben. Ich zittere seit drei Stunden und habe es erst jetzt geschafft, das Beben und meine Tränen zu beherrschen, um endlich meine Feder in die Tinte zu tauchen und auf das Pergament zu kratzen, ohne große schwarze Tropfen überall auf dem Blatt zu verteilen. In Wahrheit ist dies der dritte Versuch, Dir zu schreiben, und wäre nicht der Kurier, der sich im Hof die Beine in den Bauch steht, während sein Pferd gesattelt ist und wartet, damit er in größter Eile zu Dir reiten kann, würde ich es aufgeben und mich wieder auf mein Sofa werfen.

Doch ich muss Dir schreiben und ein wenig von dem erzählen, was geschehen ist, damit Du Dir auf deiner Rückreise keine unnötigen Sorgen machst. Aber vor allem, damit Du nicht lärmend hereingestürmt kommst, Türen knallend und rufend, und allen möglichen Unsinn verlangst, nicht zuletzt, dass unser Sohn für seinen Anteil an einem fast unvorstellbaren Vorfall verprügelt werden sollte, der mich, seine liebste Mama, sprachlos gemacht hat und unfähig, ihn anzuschauen, ohne wegen seines Anteils an dieser Boshaftigkeit in erneute Tränen auszubrechen.

Natürlich weiß ich, dass sie nur Jungen sind und bis zur Verständnislosigkeit berauscht waren, und dass er und sein Freund Robert keinen Anteil an der schockierenden Tat hatten, die letzte Nacht verübt wurde ... Doch sie unternahmen auch nichts — <u>nichts</u> — um das Geschehene aufzuhalten, so dass mein Bruder Anlass hat, sie für ebenso schuldig zu halten. Daher musst Du herkommen und mit diesen Jungen reden, um die Wahrheit in dieser Angelegenheit herauszufinden. Wisse aber, dass sie nicht zu Schaden gekommen sind, sondern hierbehalten wurden, unter Hausarrest (die Schande für uns alle!), und ihnen Strafe angedroht wurde, wenn sie es wagen sollten, das Haus zu verlassen, ohne zuvor M'sieur le duc einen vollständigen Bericht über ihr Handeln und über das, dessen sie Zeuge wurden, abgeliefert zu haben.

Doch mein armer Bruder ist in keinem Zustand, sie zu verhören. Daher werden unser geliebter Sohn und sein Schulfreund zumindest Stunden oder Tage! hierbleiben müssen und, um ihre Trunkenheit auszuschlafen. Ich hoffe, dass sie dann besser in der Lage sein werden, Dir selbst einen vollständigen Bericht zu erstatten. Doch Deine erste Pflicht muss Roxton gelten. Evelyn kannst Du später befragen. Und es würde keinem dieser Jungen schaden, einige Zeit allein mit ihren Gedanken zu verbringen und über ihre bedauernswerte Untätigkeit nachzudenken.

Nein! Ich habe nicht zu viel getrunken oder zu viel von James' Pulver genossen. Ich schwöre, ich habe die ganze Nacht nicht geschlafen und bin erschöpft von meiner Sorge um Antonia, doch ich kann meine Augen, die von Tränen trocken sind, nicht schließen, weil ich ständig den Albtraum der letzten Nacht vor mir sehe, als würde er sich erneut ereignen. Ich schrie, das weiß ich noch. Und es sind meine Schreie, die mir noch immer in den Ohren gellen. Das arme, süße, liebe Mädchen hat nicht einmal gewimmert, bis ihre Wehen begannen. Ich glaube, sie stand unter Schock; steht noch immer unter Schock, dass eine so ungeheuerliche Tat gegen sie verübt wurde, und das in ihrem Zustand! Ach, Lucian! Sie war so tapfer!

Und daher musst Du in aller Eile zurückkehren und nicht anhalten, bevor Du nicht in diesem Haus bist und meinem Bruder helfen kannst, mit der unaussprechlichen Realität fertig zu werden, dass sein Sohn und Erbe ein Monster ist! Ein Monster, sage ich Dir! Und andere werden diese traurige Tatsache bestätigen, also bin ich nicht die einzige, die das glaubt.

Der Tag graut und der Morgenhimmel zeigt rote Streifen. Dies ist kein gutes Omen, nicht wahr, wenn man bedenkt, dass der erste Tag des Kleinen in dieser Welt voller Stürme sein wird, wenn seine Geburt, die so ersehnt und erwartet wurde, hätte glücklich sein sollen, ein Wunder, ein Ereignis, das seiner edlen Eltern würdig gewesen wäre, und doch hat sie sich in eine Katastrophe höchst schockierendem Ausmaß verwandelt.

Es ist, als wäre ein Sohn wahnsinnig geworden und an seiner Statt dieses winzige, doch perfekt gestaltete Bündel bittersüßer Freude getreten. Trotz allem ist er sehr lebendig, entschlossen, in der Tat, auf dieser Erde zu bleiben und nicht in den Himmel aufzusteigen. Seine Schreie sind kräftig und fordernd und er hat sich mit Eifer auf die Brust der Amme gestürzt. Das sollte etwas über seinen Lebenswillen sagen und lässt uns hoffen, dass er eines Tages gedeihen wird.

Ja, Lucina, Antonia hat meinem Bruder einen zweiten Sohn geschenkt. Doch sie ist zu schwach, um ihr Kind selbst zu stillen. Sie ist fast zu schwach zum Leben. Sie hat viel Blut verloren und ihre Stimmung ist so niedergeschlagen, dass die Ärzte Roxton gewarnt haben, dass, auch wenn sie es schaffen sollte, sich körperlich zu erholen, ihr labiler Geisteszustand sich weiter verschlechtern könnte. Doch wir — Roxton und ich und ihre Zofe Gabrielle und die, die sie lieben und am besten kennen — vertrauen auf ihre Charakterstärke und ihren großen Lebenswillen. Sie würde Roxton nie freiwillig auf diese Weise allein lassen und könnte nie ihren neugeborenen Sohn verlassen.

Und daher wurde der neue Kleine, wie ich schrieb, einer Amme übergeben, einem kräftigen jungen Mädchen, von dem nichts über Trunkenheit oder Ausschweifungen bekannt ist, und die die richtige Natur hat, sich um ein zu früh geborenes Neugeborenes einer leidenden Mutter zu kümmern. Sie wird an Antonias Seite bleiben, trotz des Ratschlags des Arztes, dass die Herzogin Ruhe und keine Ablenkung bräuchte. Doch Antonia möchte ihrem neugeborenen Sohn nahe sein, ihn selbst sehen und ihn zwischen dem Stillen im Arm halten, auch wenn sie kaum ihren Kopf heben kann und Hilfe braucht, um Brei aus einer Tasse zu trinken.

Roxton hat zugestimmt, dass das Kind im Krankenzimmer bleiben darf, und dies trotz des Rates, den der Arzt ihm im Vertrauen gab, dass die Möglichkeit bestünde, dass sein neugeborener Sohn die Woche nicht überleben könnte und welche verheerenden Auswirkungen das auf Antonia haben würde, falls sie zusehen müsste, wie er seine letzten zarten Atemzüge tut und vor ihren Augen stirbt! Ach Lucian, allein der Gedanke an solch grausamen Umstände, nach allem, was sie durchgemacht haben — die Babys, die sie vor diesem verloren haben — einen zweiten Sohn zu bekommen und ihn dann in einem Wimpernschlag zu verlieren, es bricht mir das Herz.

Ich sage Dir, Lucian, mein Bruder ist in zehn Stunden zehn Jahre gealtert! Ich glaube, Du wirst ihn kaum erkennen. Ich bin sicher, dass sein Haar vor meinen Augen weiß wird und seine Augen sind so voller Trauer. Verzeih meine Kleckse. Ich dachte nicht, dass ich noch Tränen hätte, die ich vergießen könnte. Aber da siehst Du es!

Lucian, oh Lucian, was ist aus uns geworden? Warum wurde unsere Welt auf diese Weise auf den Kopf gestellt? Wie konnte dieser Junge das seiner Mutter antun? Welche Dämonen sind in seinem Kopf? Unter uns, ich kann nicht umhin, an den Vorfall mit dem Vicomte d'Ambert zu denken, als er Antonia angriff und sie fast getötet hätte, während sie mit Alston schwanger war. Und nun dies! Sechzehn Jahre später dreht sich das Kind, das damals im Mutterleib war, um und tut seiner eigenen, süßen Mutter das Gleiche an? Es ist unfassbar! Mein Bruder muss sich sicher fragen, welches Blut in seinen Adern rinnt, dass er solch einen monströsen Nachkommen gezeugt hat. Doch ich will nicht mehr darüber schreiben und Du würdest gut daran tun, diesen Brief vor deiner Rückkehr zu verbrennen. Ich bete jede Nacht, dass meine Befürchtungen in dieser Hinsicht völlig unbegründet sind und es eine andere Erklärung gibt, aber welche das sein könnte, ist mir ein Rätsel!

Ich hatte noch nicht das Herz, das Thema mit Roxton anzuschneiden und da Antonia sich nach einer höchst traumatischen Geburt nicht zu erholen scheint, ist er noch keinen Augenblick von ihrer Seite gewichen, nicht einmal, um zu Alston zu gehen, der weiter in seinen Räumen eingeschlossen ist und jeden Kontakt zu Familie oder Dienerschaft ablehnt.

Und kannst Du es meinem Bruder verübeln, da er es war, der zu dem entsetzlichen Anblick zurückkehrte, wie seine geliebte Antonia in ihrem Nachthemd von ihrem Sohn hinaus auf den

Platz gezerrt wurde, in die Winternacht? Von ihrem Sohn, Lucian! Nicht von einem Feind oder einem Verbrecher oder einem aus Bedlam Entflohenen! Sondern von ihrem kostbarsten, ältesten Sohn, den sie fast so sehr anbetet wie ihren Ehemann! Ja, es ist wahr, ich sage es Dir. Ihr Sohn, mein Neffe Alston, zerrte sie aus ihren Zimmern und die Treppe hinunter in die Nacht hinaus! Er warf sie aus dem Haus auf die Straße, als ob sie eine Hure wäre und des Anspuckens nicht wert. Und das sagte er auch zu ihr. Er beschuldigte sie, ein Flittchen zu sein und das Kind, das sie trug, der Bastard eines ihrer Liebhaber. Mein Gott, kannst Du glauben, dass er seine Mutter des Ehebruchs beschuldigt hat? Ausgerechnet Antonia, unter allen Frauen dieser Welt? Sie ist die Schönheit ihrer Ära, die meinem Bruder, einem geläutertem Satyr, so völlig ergeben ist, dass sie das Ziel vieler lächerlicher Karikaturen waren, die es nicht wert waren, gedruckt zu werden — aber gedruckt wurden sie! Ich sage Dir, Lucian, solche abscheulichen Zeichnungen würden in Paris niemals gedruckt! Zumindest hat Frankreich eine Geheimpolizei, um uns zu schützen! Doch ich schweife ab, aber wer würde mich dafür tadeln?

Niemand, weder ich, noch der Arzt der Herzogin, noch die Getreuen der Familie, noch selbst sein Pate, M'sieur Ellicott, der nach London gekommen war, um während der Geburt in einigen Wochen anwesend zu sein, konnten Alston vom Gegenteil über seine Mutter überzeugen. Zuerst waren wir alle zu schockiert über sein Handeln und sein Verhalten, als dass wir hätten sprechen können. Und dann war es fast zu spät, Antonia vor seinem Zorn zu schützen, als er sie hinter sich her die Treppen hinab und hinaus in die kalte Nachtluft zerrte! Und das arme, liebe Mädchen wehrte sich mit keiner Silbe gegen ihn. Ich glaube, sie war so schockiert, dass sie die Sprache verloren hatte.

Er war betrunken, Lucian. Er war so betrunken und von tränenreicher Wut erfüllt, dass es völlig gleich war, was Antonia oder wir anderen hätten zu ihm sagen können, denn er war unfähig, irgendjemanden oder irgendetwas zu hören. Er war wie blind in seinem empörenden Betragen und blind für die Tatsache, dass bei seiner Mutter die Wehen eingesetzt hatten. Er hielt sie am Arm und schüttelte sie, überhäufte sie mit den schlimmsten Schimpfwörtern und verlangte von ihr zu wissen, wer ihr Liebhaber und der Vater dieses Bastards wäre, und in solcher Wut, dass wir wirklich fürchteten, er wollte sie schlagen! Allein der Gedanke daran lässt mich schwindelig werden!

Und dann, wie aus dem Nichts, erschien Roxton! Mein Bruder kam von White's zurück, trat aus der Dunkelheit heraus. Er schritt mit aller Energie und Stärke eines weit jüngeren Mannes, als er es ist, auf seinen Sohn zu, so groß war sein Zorn, und ich denke, er wurde von seiner Furcht um Antonia getrieben. Er sah und hörte nichts außer der empörenden Szene, die sich seinem erschrockenen Blick bot.

Gott sei Dank ist er in jeder Krise kaltblütig. Er tat das Einzige, was ihm blieb. Das Einzige, was keiner der Diener, noch Antonia, noch ich oder jemand aus der Familie, tun konnte. Er packte seinen Sohn am Kragen und zerrte ihn von seiner Mutter weg. Dann gab er ihm eine solche Ohrfeige, dass sie den Jungen von den Beinen riss! Er fiel wie benommen auf dem Pflaster in sich zusammen. Und erst da begriff er, was er getan hatte, was vielleicht die Folge seines Handelns sein könnte, für seine Mutter und ihr ungeborenes Kind. Und dann stieß Alston ein solches Heulen aus, als ob ein verwundetes Tier zwischen uns wäre.

Antonia fiel in die Arme von M'sieur le Duc. Und in einem Wimpernschlag, so, wie nur Roxtons Gegenwart es bewirken kann, waren alle und alles still. Das Chaos und der Wahnsinn waren vorbei! Mein Bruder hob Antonia auf seine Arme und marschierte nach drinnen, ließ seinen Sohn flach auf dem schmutzigen Kopfsteinpflaster liegen, wo er schluchzte.

Erst da kam unser Sohn aus der Dunkelheit heraus und mit ihm sein Schulfreund Robert. Sie waren verlegen, hatten aber keine Angst, und sie waren sehr betrunken! Beide Jungen wurden von Roxtons Dienern ergriffen und trotz meiner Proteste und meiner Tränen wurden alle drei Jungen fortgeführt, vom Platz ins Haus, und dort eingesperrt. Es blieb Roxtons Dienerschaft überlassen, den Platz von Gaffern zu befreien, und Martin Ellicott, mir nach drinnen zu helfen, und wir folgten meinem Bruder und Antonia zurück in ihre Räume, wo ich seither gewesen bin, außer jetzt, um Dir diesen Brief zu schreiben, um Dich zu bitten, sofort nach Hause zu kommen!

Ich kann Dich nicht anlügen, und Du musst es um meines Bruders willen wissen, dass Antonia dem Tode nahe war und ihre Wehen so rasch vorbei waren, dass immer noch eine geringe Möglichkeit besteht, dass sie sich von dieser Tortur nicht erholen wird. Lucian, sie wird vielleicht nicht wieder zu uns zurückkommen. Ihr Kindchen atmet und trinkt, aber er ist so furchtbar klein. Ich habe Kerzen angezündet und gebetet und gebetet.

Ich weiß nicht, was mit Alston oder unserem Sohn geschehen wird. Alles, was ich weiß, ist, dass wir Dich hier brauchen, dass mein Bruder Dich hier braucht. Daher, um Gottes Willen, nimm Dir ein schnelles Pferd und reite wie der Sturm, der immer näher kommt!

Deine Dich liebende Frau,
Estée

*Mr. Martin Ellicott, Esq., Third Hill Residence, Konstantinopel, an Seine Gnaden, den hochedlen Herzog von Roxton, c/o William Kinloch CDA, Botschaft seiner britischen Majestät, Athen, Griechenland.*

Third Hill Residence, Konstantinopel
Juni 1767

Sehr geehrte M'sieur le duc und Mme la duchesse,

Ich vertraue darauf, dass dieser Brief Eure Gnaden, Lord Henri-Antoine, Dr. Bailey und die anderen Mitglieder Eurer Reisegruppe bei guter Gesundheit findet und dass Ihr das wärmere Wetter, das das Mittelmeer bietet, genießt.

Julian und ich waren überglücklich, Eurem letzten Schreiben zu entnehmen, dass Ihr jetzt nur noch einen Monat von uns entfernt seid. Eure bevorstehende Ankunft macht uns bewusst, dass wir seit fast drei Jahren in dieser Stadt leben, wo wir eigentlich nur zwölf Monate hatten bleiben wollen. Doch es gibt hier, wie Ihr entdecken werdet, so viel zu sehen und zu tun, dass wir selbst nach drei Jahren noch Aspekte dieser Stadt entdecken, die uns neu sind. Ganz zu schweigen von den zahlreichen Übernachtungen in den umliegenden Gegenden, wohin wir auf Maultieren oder mit kleinen Booten entlang der Küste fahren, die uns zu Orten und Aussichten geführt haben, die ein Fest für alle Sinne sind, die wir uns, wären wir zu Hause, nur in unserer Fantasie vorstellen oder aus Büchern hätten erfahren können.

Bevor ich beginne, lasst mich Mme la duchesse versichern, dass ich es vermocht habe, für sie ein ausreichen großes Haus in der Nähe, nur zehn Minuten zu Fuß von unserer eigenen Wohnung, zu beschaffen. Eure Gruppe von fünfzehn Menschen wird in den weiß getünchten Wänden gut unterzubringen sein und das zusammen mit etwa zwanzig einheimischen Bediensteten, die alle unterschiedliche Aufgaben haben und innerhalb des Gebäudekomplexes wohnen. Es gibt einen syrischen Majordomo, einen M'sieur Anawi, der nicht nur fließend mehrere der hier üblichen Sprachen spricht, sondern auch exzellent Französisch und Italienisch, was hier die bevorzugten Sprachen der Oberschicht sind — sowohl der einheimischen wie der ausländischen.

Das Haus hat eine ausgesprochen schöne Aussicht, mit Blick auf die umliegenden Hügel und den Hafen, und am Nachmittag kommt eine erfrischende Meeresbrise auf. Alle Zimmer haben gewölbte Decken mit großen Panoramafenstern, kein Glas, aber Läden, wenn nötig, und sind mit orientalischen Seidenstoffen verhängt. Die Böden sind aus Marmor, was in diesem warmen Klima angenehm kühl unter den Füßen ist. Es gibt eine Menge großer Orientteppiche. Die in Euren Räumen sind in Seide von leuchtender Farbe gewebt, im Stil dieser Gegend. Sie wurden gekauft, wie Ihr angewiesen habt, um eingerollt und bei Eurer Abreise mit nach Hause genommen zu werden. Ich hoffe nur, dass mein Geschmack für solche Dinge dem Euren entspricht. Doch da Ihr mir in der Vergangenheit versichert habt, dass dem so wäre, muss ich zugeben, ein wenig stolz auf die Auswahl zu sein, die ich in Eurem Auftrag getroffen habe, Mme la duchesse.

Der Hauptteil des Hauses ist um einen großen Innenhof erbaut, der für die Elemente offen ist, und in dessen Mitte sich ein viereckiges Becken befindet, das mit den köstlichsten Mosaiken gefliest ist und durch ein paar flache, ins Wasser führende Stufen betreten werden kann. Alle allgemein benutzten Räume gehen auf diesen Hof hinaus, mit seinem gefilterten Sonnenlicht, große Kübel enthalten Palmen und hier stehen zahlreiche Diwans mit Kissen, auf denen man mit Gästen sitzen oder sich ausruhen kann, wie es hier üblich ist. Oder, wie es oft vorkommt, an diesem Ort die Mahlzeiten einnehmen, wobei das Badebecken eine willkommene Ablenkung vor oder nach dem Essen bietet. Eure privaten Gemächer haben ebenfalls ein Badebecken, kleiner, aber tiefer. Ich hoffe, es wird Euch genehm sein und Ihr werdet sehen, dass es nicht unbeträchtlich ist.

Das Haus steht in einem üppigen Garten, der mich an eine Oase erinnert, die wir in Syrien besucht haben, mit Dattelpalmen, Weinreben und einem Wasserloch für einheimische Vögel. Alles das ist von einer sehr hohen Mauer umgeben, die höher ist als ein Mann, der auf den Schultern eines anderen steht. Dies wird Euch Privatsphäre bieten und es Lord Henri-Antoine erlauben, herumzulaufen, ohne dass man befürchten müsste, er könnte verloren gehen, obwohl die Anzahl der Diener ohnehin verhindern würde, dass dies geschehen könnte.

Das Anwesen ist wie vereinbart für sechs Monate gemietet, mit der Option, diese Zeit um sechs Monate zu verlängern, obwohl ich Euren Wunsch, zu Weihnachten nach Paris zurückzukehren, verstehen kann.

Noch ein letztes Wort wegen des Hauses. Ich habe M'sieur Anawi die Räume in der Art einteilen lassen, wie Euer Gnaden ausdrücklich angewiesen hat, und dass einer im Flügel der Familie für Julian reserviert wird, damit er während Eures Besuchs bei Euch bleiben kann. Ich stimme mit Euch überein, dass er das tun sollte, wenn auch aus keinem anderen Grund, als um ein Verhältnis zu seinem kleinen Bruder, den er erst noch kennenlernen muss, aufzubauen, aber ob er das tun wird, ist eine Angelegenheit, die den größten Takt auf Eurer Seite, M'sieur le Duc, erfordern wird, dessen Ihr Euch, wie ich weiß, wohl bewusst seid.

Doch bevor ich von Julian erzähle, lasst mich sagen, wie ich mich gefreut habe, dass Ihr Euren Aufenthalt in Rom genossen habt und dass Ihr die römischen Ruinen mochtet und mehr noch die Schätze, die man im Vatikan findet. Natürlich, wer könnte Euch eine Besichtigung dieser Statuen, Gemälde und Schätze, die von den Vertretern Seiner Heiligkeit überall in Europa und darüber hinaus erworben wurden, versagen? Dass Ihr Euch mit den Vallentines in Rom treffen und ein paar gemeinsame Wochen in ihrer Villa genießen konntet, muss ein freudiges Wiedersehen gegeben haben, vor allem nach einer Trennung von mehreren Monaten. Dass M'sieur und Mme Vallentine beschlossen haben, nach Florenz und in das Haus des Cousins von M'sieur zurückzukehren, der dort Konsul ist, überrascht mich nicht. Und um die Wahrheit zu gestehen, für Julian wird es besser sein, dass dieses Zusammentreffen mit seiner Familie so privat wie möglich und ohne die Anwesenheit der Vallentines vor sich geht, auch wenn ihr Sohn in Paris geblieben ist. Mehr zu diesem Thema könnt Ihr nach Belieben mit mir besprechen, wenn Ihr erst hier seid.

Euer Bericht über die Gesundheit Lord Henri-Antoines hat mich sehr ermutigt. Dass er in über einem Monat keinen Anfall seiner Fallsucht hatte, lässt für die Zukunft des kleinen Lords hoffen und muss eine solche Erleichterung für Euch sein. Ich zögere zu vermuten, dass Eure Reise in ein wärmeres Klima einen positiven Einfluss auf seinen Zustand hat? Er hört sich an, als wäre er ein neugieriges Kind, und vielleicht war er von allem Neuen so abgelenkt, dass er keine Zeit hatte, auf Eurer Reise krank zu werden?

Ich muss Euch sagen, dass Dr. Hakim sehr begierig darauf ist, mit Dr. Bailey zu konferieren, denn er versichert mir, dass es in diesem Teil der Welt Behandlungsmethoden und Arzneien gibt, die die Symptome seiner kleinen Lordschaft lindern, wenn auch nicht die Krankheit heilen können. Dr. Hakim wurde uns wärmstens empfohlen und damit Ihr nicht glaubt, ich würde mich nur an die Empfehlung halten, ließ ich den Arzt zu mir rufen und wir verbrachten bei einer Tasse türkischen Kaffees eine angenehme Stunde mit der Diskussion verschiedenster Themen. Ich fand ihn bescheiden und interessant und niemals langweilig. Mme la duchesse, ich glaube, Ihr werdet in ihm einen großartigen Gesprächspartner finden.

Wir freuen uns beide so sehr darauf, Lord Henri-Antoine kennenzulernen. Kann er wirklich schon sechs Jahre alt sein? Es scheint, als ob es erst gestern gewesen wäre, dass Julian zum ersten Mal in Hosen im Garten von Mme la duchesse in Treat herumgelaufen wäre. Und zu denken, dass mein Patensohn während Eures Besuchs hier einundzwanzig wird, lässt mich den Kopf über die verstreichende Zeit schütteln.

Natürlich wird Euer Besuch sehnlichst erwartet. Euer ältester Sohn hat Euch beide sehr vermisst, wie Ihr aus seinen und meinen Briefen wissen dürftet. Wenn er beim Zusammentreffen mit seiner Familie diese seine wahren Gefühle nicht sofort zeigt, dann nur, weil er sich als Mann zeigen will und daher, auch vor mir und anderen, sein Bestes tut, um seinen Kummer nie in der Öffentlichkeit zu zeigen. Wie Ihr Euch vorstellen könnt, trägt er noch eine große Last der Schuld auf seinen Schultern und ich fürchte, das wird er auch immer tun, wenn es um die Geburt und die Gesundheit seines kleinen Bruders geht. Ich habe nicht den Wunsch, Euch zu quälen oder Euch dazu zu veranlassen, eine so schreckliche Episode noch einmal zu durchleben, doch da ich für das Wohlergehen Eures Sohnes die Verantwortung übertragen bekam, halte ich es für wichtig, dass Ihr seine Gefühle kennt.

Dieses Wiedersehen erfüllt ihn mit größten Bedenken, nicht nur, weil es die erste Begegnung der Brüder sein wird, sondern noch mehr, weil er sich fragt, wie Ihr ihn empfangen werdet. Ich weiß. Ich weiß. Ihr werdet ihn beide glücklich mit offenen Armen empfangen, doch wenn ich ihm das sage, nützt es nichts. Er wird es selbst erleben müssen, und dann, denke ich, wird er beruhigt sein.

Da Ihr keine Geheimnisse voreinander habt, schreibe ich wie immer offen und ehrlich. Doch zum nächsten Thema habe ich ein getrenntes Blatt beigefügt, in der Annahme, dass Ihr den Wunsch haben könntet, dieses spezielle Blatt zu verbrennen, wenn man die heikle Natur des Inhalts bedenkt, und doch den Rest des Briefes intakt zu halten. Ich vertraue darauf, dass Ihr diese Geste nicht für unverschämt halten werdet, sondern aus der Notwendigkeit heraus geboren. Daher werde ich jetzt auf separatem Papier fortfahren, bevor ich wieder hier mein Schreiben beende.

*[Hier ist das oben erwähnte Einzelblatt (beiderseitig beschrieben) eingefügt, das nun mit seinem ursprünglichen Brief wiedervereint ist. Es wurde nicht wie empfohlen oder vorhergesagt verbrannt, sondern unter M'sieur le ducs heikelster Korrespondenz in einem von mehreren verschlossenen roten Lederportfolios gefunden, die im geheimen Treppenhaus in der Treat-Bibliothek gefunden wurden.]*

. . .

M'sieur le Duc, um brutal ehrlich zu sein, Euer Besuch hier und unsere Rückkehr nach Paris mit Euch können nicht früh genug kommen. Während dieser herrliche Aufenthalt in Konstantinopel einer unserer angenehmsten Auslandsaufenthalte war, haben wir unsere Abreise um zwölf Monate verschoben, und dies alles wegen Julians körperlicher Beziehung zu einer bestimmten Frau, deren Ehemann der russischen Botschaft angehört.

Ich glaube aufrichtig, hätten wir unsere Pläne vor über einem Jahr gefasst, hätte Julian ohne Frage zugestimmt und sich über einen Wechsel der Umgebung gefreut. Er wurde damals schon ruhelos, dass wir die Seereise nach Alexandria antreten sollten. Wir hatten darüber gesprochen, Kairo zu besuchen und dann eine weitere Seereise entlang der Küste Afrikas und weiter nach Gibraltar und von dort den Kanal hinauf nach Frankreich zu unternehmen, um nach Paris zurückzukehren.

Diese Pläne hatte ich fast umgesetzt, als sie vereitelt wurden. Julian fiel der Frau des russischen *Chargé d'affaires*, einem Prinzen Wladimir Rostowski, auf. Der Ehemann ist oft fern der Stadt und in anderen Teilen des Reiches unterwegs, seine kinderlose Frau bleibt zurück, da sie es vorzieht, nicht zu reisen. Sie gehört ebenfalls dem Adel an, sie ist eine Prinzessin Gargarin, und sie beide benehmen sich, als wären sie durch die Nabelschnur mit der Kaiserin selbst verbunden. Was heißt, dass sie auf alle hinabsehen, die nicht von gleichem Stand sind und geben sich beide blind für jeden unter dem Stande einer kaiserlichen Hofdame. Sie erwartet, dass alle Gentlemen ihre Schönheit anbeten und jeder Gentleman vor ihr katzbuckelt und Kratzfüße macht. Kurz gesagt, sie sind ein sehr gut zueinander passendes Paar.

Die Prinzessin Sonia Natalia Gargarin-Rostowskaya ist eine schlanke Schönheit mit blasser Haut, dunklen Augen und kohlschwarzen Haaren. Sie ist acht, möglicherweise zehn Jahre älter als Julian, sieht aber jünger aus. Und das sollte sie auch, denn ihre Zeit wird fast ausschließlich für die Pflege ihrer Person verwendet. Trotz all ihrer Eitelkeit ist sie eine versierte Linguistin, und ihre Fähigkeiten sind so umfassend, dass sie von der Botschaft häufig aufgefordert wird, an Sitzungen teilzunehmen, bei denen ein Dolmetscher erforderlich ist. Ich gebe zu, dass sie eine liebenswürdige Gastgeberin und eine angenehme Gesellschaft ist, wie ich bei den wenigen Gelegenheiten gesehen habe, bei denen ich in ihrer Gegenwart bei einer Botschaftsveranstaltung anwesend war. Aber natürlich sucht Julian nicht um ihrer Konversation willen ihre Gesellschaft.

Als die Prinzessin zum ersten Mal Interesse an Julian zeigte, war ich nicht überrascht. Wie Ihr selbst sehen werdet, ist Euer Sohn zu einem gutaussehenden jungen Mann herangewachsen, groß, breitschultrig, mit einem stabilen, schlanken Körperbau. Er hat ein verheerend schönes Lächeln, hat die außergewöhnlichen Augen von Mme la duchesse geerbt, Eure tiefe, weiche Stimme, M'sieur le duc, und hat den Anstand und eine natürlich edle Haltung an sich, was ihn alles zusammen für Frauen unwiderstehlich macht.

Was mich überraschte, war, dass er sich für diese Frau interessieren würde und dass sie auch weiter sein Interesse würde fesseln können. Vor der Prinzessin hat Julian allenfalls höfliche Neugier am anderen Geschlecht an den Tag gelegt und nie das Bedürfnis oder den Drang zu sexuellen Beziehungen zu einer Frau geäußert, trotz vieler Ermunterungen, die er in den Jahren erlebt hat, angefangen von Frauen höchsten Ranges bis zu denen, die für ihre Dienste entlohnt werden, von Dover bis

Rom und nun hier in dieser Stadt. Es lag nicht an einem Mangel von Gelegenheit, sondern an einer angeborenen Zurückhaltung, und, wenn ich das sagen darf, einer angeborenen Prüderie, die ihn hat keusch bleiben lassen. Das heißt, bis jetzt.

Und da sie eine verheiratete Dame ist, eine diskrete Dame, neigte ich dazu, ihre Affäre, denn das ist es, eher für etwas Gutes zu halten. Schließlich erhält er von ihr die beste Einführung in die Freuden des Fleisches, ohne die sonst zu erwartenden Sorgen vor einem Skandal, wenn sie jünger, fruchtbar und weniger geschickt wäre.

Doch vor Kurzem nahm die Affäre eine gefährliche Wendung, als der Ehemann der Prinzessin bei seiner Frau eintrat, während sie Julian unterhielt. Denn, obwohl Rostowsky sich der Indiskretionen seiner Frau bewusst ist, war es ein Schock für seinen männlichen Stolz, sie vor einem kräftigen jungen Mann, fünfzehn Jahre jünger als er selbst, auf den Knien zu finden. Es hat einen offenen Riss in ihrer Ehe verursacht und er hat von ihr verlangt, ihre Beziehung zu Julian aufzugeben. Sie hat sich jedoch geweigert, das zu tun.

Ihre Weigerung und ihr späteres Verhalten haben ihren Ehemann dazu veranlasst, alle Vorsicht in den Wind zu schlagen und diese sehr private Angelegenheit öffentlich zu machen. An einem Abend, als er betrunken im Okzident-Club war, und ich zufällig nach dem Diner im Lesesaal und damit in Hörweite saß, verkündete Rostowsky grob, dass seine Frau die geschickteste Zunge im Osmanischen Reich hätte. Natürlich schockierte dieser Doppelsinn die Anwesenden mehr durch die Art und Weise des Ausdrucks als durch die Enthüllung selbst. Ich denke, die meisten der Mitglieder waren sich nicht sicher, worauf Rostowsky anspielte, da seine Frau als Sprachgenie bekannt ist.

Jedoch brachte der Prinz es nicht fertig, es dabei zu belassen, und fuhr fort, im Raum herumzustolzieren und zu dozieren. Zuerst, dass es bei dem Duell, das zwischen Lord Braithwaite und dem Conte Montessori geschlagen worden und das zur Sensation geworden war, als Braithwaite tödlich verwundet wurde, um die Prinzessin gegangen war. Zweitens, dass seine Frau eine Vorliebe für Schuljungen hätte. Bis zu diesem betrunkenen Ausbruch war Julian nicht mit der Prinzessin in Verbindung gebracht worden und es hatte von ihrem gehörnten Ehemann keine öffentliche Erklärung über die Untreue seiner Frau gegeben. Doch diesem unerhörten Ausbruch folgte der unanständige Scherz, dass der junge Liebhaber seiner Frau ein Edelmann wäre, der zwar nur einer Handvoll bekannt wäre, ihr aber einen ziemlichen Mundvoll gegeben hätte. Er ging nicht so weit, Julians Namen öffentlich zu nennen, doch ich fürchte, das ist jetzt trotzdem unwichtig. Vor allem, da Julian den Ernst der sich rasch verschlechternden Situation zwischen dem Prinzen und seiner Frau nicht einsieht und weiterhin die Prinzessin besucht.

Als ich vorschlug, Julian möge sich aus Respekt vor ihrem Mann von ihr fernhalten, war seine natürliche Reaktion, mir zu sagen, dass mich seine Angelegenheiten nichts angingen. Woraufhin ich antwortete, dass sie mich sehr wohl etwas angingen, angesichts der Tatsache, dass ich *in loco parentis* handele, und was wohl seine geschätzten Eltern über diese Beziehung denken würden. Dann wurde er zornig und sagte mir, es gäbe keinen Grund für meine Besorgnis, denn er wüsste, was er seinem Namen schuldig wäre und er hätte daher darauf verzichtet, ihre Begegnungen zu ihrem natürlichen

Abschluss zu bringen und hätte auch nicht vor, dies zu tun. Dies wäre allein das Vorrecht seiner Ehefrau.

Ihr werdet zugeben, dass dies eine Erleichterung ist, obwohl ich über solche Selbstbeherrschung und Reife angesichts seines Alters und der Tatsache, dass dies seine erste sexuelle Beziehung ist, verblüfft bin. Doch da ich seinen Charakter kenne, hätte ich ahnen dürfen, dass er aus freier Wahl Jungfrau blieb.

Man könnte meinen, da er sich weigerte, ihre Affäre zu ihrer natürlichen Vollendung zu bringen, dass die Prinzessin diese beenden würde. Es fehlt ihr nicht an Verehrern und die Ausfälle ihres Mannes haben sie nicht verscheucht — weit gefehlt, vor allem nach seinem unanständigen Lob der Talente seiner Frau. Jedoch scheint es, dass das einzige männliche Wesen, das ihre Couch teilt, Euer Sohn ist, und das jede Nacht, da ihr Mann dazu übergegangen ist, im Club zu schlafen. Sie ist so beharrlich wie eh und je.

Ich habe darüber nachgedacht, und ich glaube, ich bin zu einer geeigneten Erklärung gelangt, eine, die es Euch nach Eurer Ankunft hier erlauben wird, dieses Dilemma in Eurer üblichen, allmächtigen Art und Weise zu lösen. Denn seht Ihr, ich glaube, dass die Prinzessin, die sehr begehrenswert und sexuell verwöhnt, und es dazu gewohnt ist, in allen Dingen ihren Willen zu bekommen, vor allem, wenn es um Männer geht, Julias Selbstbeherrschung als äußerst wirksames Aphrodisiakum empfindet. Und da sie ein entschlossenes Wesen ist, wird sie ihn nicht aufgeben, bevor sie nicht seine Zurückhaltung durchbrochen hat. Denn, wie kann es, in ihren Augen, einen Mann geben, der ihren beträchtlichen Reizen und großem Geschick widerstehen kann?

Ich weiß nicht, wie weit sie gehen wird, um seine Entschlossenheit zu brechen, doch da sein Verlangen nach ihr kein

Anzeichen des Nachlassens zeigt, glaube ich, dass sie zu allem imstande wäre, um sich selbst als Siegerin in diesem Schlafzimmer-Melodram zu sehen. Irrt Euch nicht, M'sieur le duc, die Prinzessin Sonia ist sehr intelligent, schlau und entschlossen, und wenn sie am Ende erkennt, dass Julian nicht nachgeben wird (und ich glaube, er wird seinen Entschluss beibehalten, denn er ist sich seiner Zukunft wohl bewusst, was Euch gefallen sollte), dann könnte sie sich auf andere Weise mit ihm befassen, um sich für etwas zu rächen, was sie als Angriff auf ihre Selbstachtung betrachten muss.

*[Ende des einzelnen Blattes Pergament.]*

Ich habe mir die Freiheit genommen, eine Liste von Orten aufzustellen, die Ihr während Eures Aufenthalts besichtigen solltet und Julian hat sich diese Liste angesehen und ein paar eigene Empfehlungen hinzugefügt, davon ist eine ein Besuch an der Küste am Palast der sieben Türme. Er hat auch eine Reihe Kaffeehäuser hinzugefügt, von denen er sicher ist, dass sie seinem Vater gefallen dürften, insbesondere eines, in dem nur türkischer Kaffee — den man den Wein des Islam nennt, da sie keinen Alkohol trinken — serviert und Backgammon gespielt wird. Julian ist der Meinung, dass M'sieur alle anderen besiegen wird und Gelegenheit bekommt, den amtierenden Champion zu besiegen, einen Pascha Bedri Ekrem, einen pensionierten Offizier, den während seiner fünfzehn Jahre des Spiels in diesem Kaffeehaus noch nie jemand in den besten Fünf besiegt hat.

Ich wünschte nur, Mme la duchesse könnte eine solche Szene miterleben, doch leider sind Frauen an solchen Orten, wo Männer sich versammeln, nicht erlaubt. Ähnlich wie in den Clubs der St. James' Street, obwohl das dort hinter geschlossenen Türen stattfindet, während es hier so ist, als ob jede Straße in Westminster, in der ein Club oder ein Kaffeehaus untergebracht ist, für Frauen verboten wäre.

Ich kann Euch nicht sagen, wie sehr ich mich darauf freue, über diese und viele andere Themen nach Eurer Ankunft lebhaft mit Euch zu diskutieren, Mme la duchesse.

Ich will mein Geschriebenes nun unterschreiben, damit diese Botschaft abgeschickt werden und Euch rechtzeitig erreichen kann.

Euer demütigster und ergebenster Diener,
Martin Ellicott

*Martin Ellicott, Esq., Moran House, Bath Road, Avon, England, an seine Gnaden, den hochedlen Herzog von Roxton, Treat via Alston, Hampshire.*

Moran House, Bath Road, Avon, England
September 1768

Mein sehr geehrter Herzog,

Dies ist zur Antwort auf Euren Brief, dem ich Sir Geralds Empfehlungen beifüge und meine Meinung nicht nur zu diesen Empfehlungen gebe, sondern auch, was die gesamte Angelegenheit angeht, zu der ich meinen Rat anbiete.

Der vorzeitige Tod der älteren Gesellschaftsdame Eurer Schwiegertochter, Miss Clementine Francis, vor etwa drei Monaten, war insgesamt eine traurige Angelegenheit. Miss Cavendish (denn ich habe sie immer so genannt und kann sie erst mit ihrem ihr durch Heirat zustehenden Titel bezeichnen, wenn sie es selbst weiß) hatte ihre entfernte Cousine wirklich gern gewonnen und war über den Tod der alten Frau sehr bekümmert. Ihr wäret stolz darauf gewesen, wie sie, eine junge Frau von noch nicht ganz zwanzig Jahren, sich verhielt. Von den Arrangements für die Beerdigung bis zu der kleinen Versammlung nach der Zeremonie behandelte Miss Cavendish alles mit einer Haltung und Reife, weit über ihre Jahre hinaus.

Und es liegt an ihrem Verhalten und weil ich ihren Charakter aus erster Hand kennengelernt habe, dass ich glaube, dass Sir Geralds Vorschläge der absolut falsche Weg sind, um mit Eurer Schwiegertochter umzugehen. Vor allem zu dieser sehr heiklen Zeit, nachdem Julian Interesse daran zeigt, sein Leben in die Hand zu nehmen und mehr als nur dem Namen nach ein Ehemann zu werden.

Miss Francis war die ideale Gesellschaftsdame für ein Mädchen von Miss Cavendishs Charakter. Die alte Frau machte ihrem jungen Schützling nie Vorschriften und beteiligte sich an ihren Plänen für eine Zukunft mit ihrem Neffen, als könnten diese Pläne verwirklicht werden, obwohl sie wusste, dass die Realität völlig anders aussah. Und obwohl Miss Francis den größten Teil ihrer Zeit damit verbrachte, in einer sonnigen Ecke zu sitzen oder ihre Bibel zu lesen, waren ihre Augen und Ohren immer offen für jedes Anzeichen von Ruhelosigkeit oder Kummer bei ihrem Schützling. Soll ich es wagen zuzugeben, dass ihre phlegmatische Art und ihr sanftmütiges Auftreten Teil ihres Charmes waren, denn sie sagte nie ein unfreundliches Wort und selbst, wenn das Haus äußerst chaotisch war, wie es bei einer so temperamentvollen jungen Frau, die sich um einen lebhaften Schuljungen zu kümmern hat, nicht ausbleiben konnte, benahm sich die alte Frau ständig, als würde sie in einem Kloster wohnen.

Wie Euch vielleicht bekannt ist, war Sir Gerald nie mit Miss Francis als passender Gesellschaftsdame für seine Schwester einverstanden, und hat sie nur äußerst flüchtig kennengelernt. Mir ist bekannt, dass Sir Gerald, nachdem Miss Cavendish nach Paris weggelaufen war, um sich um Otto zu kümmern, der Meinung war, dass sie eine Frau mit schweigsamem Temperament und edler Haltung bräuchte, die von den Matronen der Gesellschaft in Bath akzeptiert würde.

Wenn ich es unverblümt ausdrücken darf, letztes war alles, was für Sir Gerald eine Rolle spielte und ist es noch immer. Das Wohlergehen seiner Schwester ist gegenüber seinem Wunsch, dass man in der Gesellschaft nicht über sie reden möge, zweitrangig. Dass sie ihm getrotzt hat und von zu Hause fortlief, hat ihm fast einen nervösen Zusammenbruch beschert, nicht wegen der Angst um die Sicherheit seiner Schwester, sondern weil er Euren Zorn fürchtete, dass er dies hatte geschehen lassen.

Ich weiß, dass es für Euer Gnaden nicht die geringste Rolle spielt, was die Gesellschaft denkt; Eure privaten Angelegenheiten gehen keinen anderen Gentleman etwas an. Aber ich weiß, dass es für Euch wichtig ist, dass Eure Schwiegertochter bis zum Vollzug ihrer Ehe mit Eurem Sohn Jungfrau bleibt, und dass nach ihrer Rückkehr nach England kein Skandal ihren Namen befleckt.

Der Butler Saunders schickt mir weiterhin wöchentliche Berichte über das Kommen und Gehen seiner Herrin und die allgemeine Atmosphäre in ihrem Hause. Es geht aus diesen Berichten hervor, dass Eure Schwiegertochter begonnen hat, Besuche von mehreren Verehrern zu empfangen, darunter einen, von dem ich weiß, dass sein Auftauchen Euch sehr missfallen wird — Mr. Robert Thesiger.

Ich war wegen dieser möglichen Verehrer, auch wegen Mr. Thesigers Besuchen, nicht so sehr besorgt, solange Miss Francis noch lebte, um alles wachsam im Auge zu behalten. Und, damit Ihr mich nicht missversteht, ich hatte nie Bedenken wegen Miss Cavendishs Verhalten in der Gesellschaft dieser jungen Männer, mit oder ohne Miss Francis' Anwesenheit.

Eure Schwiegertochter mag starrsinnig sein und ein Wildfang, doch sie ist in Wort und Tat anständig und zu stolz auf ihren berühmten Namen Cavendish und auf sich selbst, um einen Fehltritt in Betracht zu ziehen. Wenn ich so kühn sein darf, eine

Vorhersage zu machen: Miss Cavendish wird eine großartige Marchioness von Alston abgeben, eine Frau, auf die Julian stolz sein wird und eine Schwiegertochter, der Ihr ohne Sorge die Zukunft des Herzogtums Roxton anvertrauen könnt.

Doch damit diese Verehrer nicht aufdringlicher werden, und ich kann sehen, dass Mr. Thesiger seine Werbung entschlossener betreibt, schlage ich vor, dass Eure Gnaden dafür sorgen, dass Julian sich seiner Frau bei der nächsten Gelegenheit zu erkennen gibt. Es ist nicht meine Sache, zu raten oder mich zu fragen, wie das vor sich gehen soll und wie er sich verhalten möge. Mein einziger Anteil an diesem Unterfangen ist, Euch meine Meinung mitzuteilen und aus der Ferne meines Hauses am Rande von Bath ein schützendes Auge auf Eure Schwiegertochter zu halten.

In der Zwischenzeit, bis Julian in Bath ankommt, schlage ich einen neuen Weg vor, um Miss Francis zu ersetzen, einen Weg, der Euch überraschen und zweifellos Sir Gerald missfallen wird, denn er widerspricht jedem Vorschlag Sir Geralds. Er würde Miss Francis gern durch eine sauertöpfische Wärterin ersetzen, die die männliche Stärke hätte, seine Schwester zurückzuhalten, wenn es nötig wäre. Im Wesentlichen möchte Sir Gerald seine Schwester als Gefangene halten, bis sie abgeholt wird.

Ich könnte diesem Rat nicht vehementer widersprechen. Miss Francis durch eine solche Person zu ersetzen, würde große Spannungen und Disharmonie im Haushalt der Milsom Street verursachen; er würde zu einem höchst unglücklichen Ort und einem, dem Eure Schwiegertochter bei nächster Gelegenheit würde entfliehen wollen.

Miss Cavendish hat einen Charakter, der es erfordert, dass sie das Gefühl hat, über ihre Person und ihr Haus bestimmen zu können. Eine Frau anzustellen, die versuchen würde, sie einzuschränken oder ihr die Zügel aus der Hand zu nehmen, würde sie, so glaube ich, zu einer sehr voreiligen Handlung veranlassen können. Sie würde wieder fortlaufen und dieses Mal ihren Neffen Jack mitnehmen. Ich glaube, sie würde sich am ehesten an M'sieur Evelyn Ffolkes wenden, der ihr seinen Namen und seinen Schutz angeboten hat, als sie das letzte Mal in Paris war. Die Wiederholung eines solchen Verhaltens ist das Letzte, das Ihr und Euer Sohn wünschen könnt, aber das ist meine düsterste Vorhersage.

Miss Francis hat es nie auf sich genommen, Miss Cavendish in den Pump Room zu begleiten oder ihren Schatten zu spielen, wenn sie und ihr Neffe durch die Stadt spazierten oder ritten. Und sie begleitete sie auch nie auf ihren allwöchentlichen Besuchen bei mir. Bei diesen Ausflügen von zu Hause wurde Eure Schwiegertochter von Mr. Joseph Jones begleitet, dem Haushofmeister ihres Bruders Otto, der es seit Ottos Tod übernommen hat, der Beschützer Deborahs und ihres Neffen Jack zu sein.

Ich irre mich wohl nicht in der Annahme, dass Mr. Jones' Anwesenheit im Haus in der Milsom Street Eure Zustimmung findet, und dass wenigstens er den Auftrag hat, ein Auge auf Miss Cavendish zu haben, vor allem aber auch auf alle Probleme, die in ihrer Nähe entstehen könnten, insbesondere durch Mr. Robert Thesiger.

Daher schlage ich vor, Miss Francis nicht zu ersetzen. Wenn sie kurzfristig keine Anstandsdame hat, wird das für Miss Cavendishs Leben keinen Unterschied bedeuten oder die Meinung dieser alten Damen in Bath ändern, die nur dafür leben, Bosheiten über andere zu verbreiten. Der Klatsch in Bath mag denken, dass es Eurer Schwiegertochter an einem vernünftigen erwachsenen Auge fehle, ihr Handeln zu überwachen, aber solche Umstände lassen mich nur ruhig lächeln, denn das Handeln, die Bekanntschaften und der Alltag keiner junge Dame werden sorgfältiger überwacht und beobachtet, wenn auch aus der Ferne, als die Eurer Schwiegertochter!

Ja, keine Gesellschafterin zu haben, wird den Klatsch in Bath aufblühen lassen und zu negativen Bemerkungen führen, aber was bedeutet Euch das im großen Ganzen? Was wird das noch zu sagen haben, wenn Miss Cavendish in mehr als nur dem Namen die Frau des Marquis von Alston werden und ihren Platz am Busen Eurer Familie einnehmen wird? Was, abgesehen von den Klatschmäulern und Böswilligen? Sie werden ein Nichts sein und keine Frau und kein Mann würde dann noch ein schlechtes Wort über sie sagen dürfen.

Ich glaube, ich habe das Thema nun erschöpfend behandelt und Eure Zeit in dieser Angelegenheit genügend beansprucht.

Dieser Brief wird unverzüglich abgesandt, mit dem treuen Versprechen, am Morgen den Brief von Mme la duchesse zu beantworten.

Euer demütigster und ergebenster Diener,<br>Martin Ellicott

*Mme Vallentine, Hotel Roxton, Rue St. Honoré, Paris, Frankreich, an Mme la duchesse d'Roxton, Treat via Alston, Hampshire, England.*

Hotel Roxton, Rue St. Honoré, Paris, Frankreich
April 1769

Liebste Schwester, wann, sagtest Du, werden Du und mein Bruder wieder nach Paris zurückkehren? Ich weiß, dass Du es mir erzählt hast, aber ich habe diesen Brief verlegt und ich bin vor Kummer zu müde, um nach ihm zu suchen. Ich weiß, dass er irgendwo auf diesem Schreibtisch liegen muss, aber wo ...

Mein Kopf ist voller böser Vorstellungen und mein Herz ist in letzter Zeit so schwer, dass kein Tag vergeht, an dem ich keine Kopfschmerzen hätte und mich am Nachmittag auf mein Sofa zurückziehen muss, und Du kennst den Grund!

Bitte erwähne das, was ich Dir erzähle, Roxton oder Lucian gegenüber nicht. Aber warum sage ich Dir das, wo ich doch weiß, dass Du weißt, dass ich weiß, dass sie beide es wissen! Äh. Es ist mein Unglück einen Bruder zu haben, der alles sieht und alles weiß und einen Ehemann, der es zufrieden ist, das zuzulassen.

Lucian könnte sich nicht verstellen, nicht einmal, wenn er es versuchte. Und bei Roxton würde er es nie versuchen. Ich glaube, das ist es, was sie zu so guten Freunden macht. In der Tat glaube ich, dass die Loyalität meines Ehemannes zuerst meinem Bruder und danach mir gilt. Nein! Widersprich nicht. Du bist ebenso schlimm wie sie, mit deiner völligen Hingabe an Roxton und der Loyalität meinem Mann gegenüber, obwohl ihr beide so tut, als würdet ihr einander auf die Nerven gehen. Ha! Das ist eine List. Ihr genießt es insgeheim, euch gegenseitig zu necken und mein Bruder genießt es, euch dabei zu beobachten.

Und Du wirst so sehr lachen, dass Du von deinem Stuhl fallen wirst, wenn ich Dir sage, was für ein Dummkopf ich gewesen bin. Ich kann es selbst kaum glauben, wenn Du die Wahrheit wissen willst. Und wenn ich jetzt an meine Ängste und Taten zurückdenke, muss ich meiner eigenen Einschätzung zustimmen. Doch lass es mich Dir erzählen, damit Du das ganze Bild vor deinem inneren Auge siehst, bevor sich deine Augen mit Lachtränen über die Lächerlichkeit deiner Schwester füllen.

Ich begann, den Verdacht zu hegen, dass Lucian auf der anderen Flussseite eine kleine Ablenkung hätte. Ja! Lucian, mir untreu! Da! Ich habe es für Dich schwarz auf weiß aufgeschrieben und deine Augen werden vor ungläubigem Schock weit werden, dass ich es wagen könnte, meinen Ehemann zu verdächtigen, herumzustreunen.

Nachdem ich mich von meinem großen Schock und Ärger erholt hatte, dass dies wahr sein könnte, verfiel ich in tiefe Melancholie bei dem Gedanken, dass er sich ein kleines Nest mit einem leichten Mädchen, das halb so alt und doppelt so hübsch wie ich wäre, bauen könnte. Ich konnte mich tagelang nicht von meinem Sofa erheben. Als Lucian in der ersten Nacht, in der ich nicht in unserem Bett war, nicht nach mir zu suchen kam, wurde meine Melancholie nur noch tiefer, da ich dachte, meine Befürchtungen wären berechtigt. Denn warum sollte er nicht nach mir suchen, wenn wir doch ebenso viele Jahre wie Du und mein Bruder unser Bett teilen, wenn nicht sein Interesse anderweitig gebunden wäre? In der zweiten Nacht kam er zu mir und stand da in seinem Nachthemd und Schlafmütze und schaute auf mich herab, wobei er den Kerzenleuchter so dicht vor meine Nase hielt, dass ich dachte, mein Haar würde Feuer fangen! Und was hätte ich sagen oder tun können, als er fragte, was mit mir los wäre und dass ich ins Bett kommen möge? Ich brach in Tränen aus und sagte ihm, er sollte weggehen! Und was tat er? Er ging ganz ruhig! Kein Wort zu mir! Unmöglicher Mann!

Daher verstehst Du, warum meine Angst, er könnte eine Geliebte haben, schlimmer wurde und meine Kopfschmerzen unerträglich? Wie hätte ich ihm sagen können, warum ich so verstört war, wenn ich doch fürchtete, dass die Antwort genau die wäre, die ich keinesfalls hören wollte? Doch ich konnte so nicht weiterleben, in der Qual, nicht zu wissen, ob es so oder so wäre, daher beschloss ich am dritten Tag herauszufinden, ob meine Befürchtungen wahr wären oder nicht.

Du wirst über das, was ich tat, schockiert sein, aber liebe Schwester, Du kannst nicht ahnen, welche Qualen ich erlitten habe! Du würdest niemals so etwas tun, denn dein Vertrauen in deinen Ehemann ist so tief verwurzelt, dass ich bezweifle, es könnte Dir je in den Sinn gekommen sein, dass er je auf Abwege geraten könnte, auch nur mit seinen Augen, und das, wo er vor seiner Hochzeit mit Dir ein solcher Lebemann war! Und warum solltest Du auch den geringsten Zweifel hegen? Das Feuer brennt für Dich und meinen Bruder noch immer so hell wie je, ich sehe es, wenn ich in eurer Gesellschaft bin. Solche Gefühlstiefe fasziniert mich ebenso, wie sie mir Übelkeit bereitet.

Doch wir sprechen nicht über Deine Ehe, sondern meine, und meine dummen Ängste, die sich durch lächerliche Handlungen ausdrücken. Bitte, Du musst mir versprechen, kein Wort hiervon an Roxton oder Lucian zu verraten! Mein Bruder würde auf meine Kosten fröhlich in sich hineinlachen und mein Mann würde denken, seine Frau wäre geistig gestört. Ich würde ohne Ende sein ungläubiges Brummen darüber hören, dass ich je einen Zweifel an seiner Treue hätte hegen können.

Und was habe ich getan? Ich ließ Lucian verfolgen. Ja, ich habe einen Spion auf ihn angesetzt, Tag und Nacht, eine Woche lang. Er konnte keinen Schritt aus dem Haus machen, ohne dass diese Person ihm mit zwei Schritten Abstand folgte. Er wurde zu seinem Schatten und wohin er auch ging, was auch immer er tat, der Spion war auch dort.

Bin ich nicht die scheußlichste aller Ehefrauen, dass ich so etwas tat? Doch ich sage Dir, als der Spion nach einer Woche als Lucians Schatten alles berichtete, was er gesehen hatte, war ich alles andere als beruhigt. Mein Verdacht wurde weiter genährt und ich fiel weinend auf mein Sofa. Der Spion erzählte mir, dass mein Mann sich nicht nur zum linken Seineufer verirrt hätte, sondern dass er dasselbe Haus an drei verschiedenen Tagen besucht und an jedem dieser Tage zwei Stunden darin verbracht hätte.

Der Spion hatte es sogar vermocht, sich den Namen des Hauseigentümers zu verschaffen. Dass ein Mann es besitzt, änderte nichts an meinen Befürchtungen. Nach allem, was ich weiß, hätte dieser Mann ein Zuhälter sein können und die Frau, die Julian besucht, seine Hure. Doch die Geschichte wird noch schlimmer und meine Befürchtungen schienen berechtigt, als der Spion mir erzählte, dass Lucian nicht der einzige Gentleman wäre, der dieses Haus besuchte, und zwar häufig.

Daher dachte ich dann, dass er keine Geliebte hätte, sondern ein Bordell besuchte! Aus irgendeinem Grund ließ mich das ein wenig besser fühlen, als ich dachte, dass er sich nicht auf eine bestimmte Frau beschränkte, doch dann dachte ich genau das Gegenteil, denn wenn er verschiedene Frauen besuchte, was sagte das dann über ihn und über unsere Ehe aus? Und oh! Eintausend anderer unmöglicher Dinge gingen mir durch meinen in Aufruhr geratenen Kopf.

Bitte, Du musst versuchen, das zu lesen, ohne zu kichern, Antonia! Denn ich bin völlig sicher, so sicher, wie auf den Tag die Nacht folgt, dass es genau das ist, was Du tust, bei dem Gedanken, Lucian könnte ein Bordell besuchen. In Wahrheit könnte der Mann vor einem solchen Etablissement stehen und keine Ahnung haben, wozu es dient.

Doch ich habe Dir noch nicht den Rest dieser traurigen Geschichte erzählt und warum ich so ein Dummkopf bin, dass ich auch nur einen schlechten Gedanken über meinen Mann gehegt habe. Jedoch musst Du bedenken, dass sein Verhalten zu diesem Zeitpunkt so seltsam war, dass meine Angst, er führe etwas im Schilde, berechtigt war, auch wenn diese Angst in die völlig falsche Richtung ging.

Also, um eine lange Geschichte kurz zu machen. Dieses Haus war kein Bordell. Es wurde nicht einmal von einer Frau schlechten Rufes bewohnt. Ich ließ den Spion dies alles für mich herausfinden, indem ich ihm mehr Geld in den Rachen warf, damit er einen Weg fände, dieses Etablissement zu betreten. Er brauchte noch ein paar Tage länger und in diesen wenigen Tagen wurden meine Kopfschmerzen so schlimm, meine Besorgnis so groß, dass ich kaum noch aß oder schlief. Und glaubst Du, dass Lucian meinen sich verschlechternden Zustand bemerkt hätte? Zuerst musste unser Sohn eines Abends beim Diner, als ich nichts aß, was mir vorgelegt wurde, dies bemerken, damit sein Vater mir die gleiche Frage stellte und dann hinzufügte, wenn ich die Scheibe

Fasanenpastete auf meinem Teller nicht möge, würde Evelyn sie vielleicht essen wollen; es nutze schließlich nichts, gute Pastete zu verschwenden. Woraufhin ich meine Serviette hinwarf und aus dem Raum stürzte, unter großem Schweigen meines Mannes und meines Sohnes.

Doch ihr enormer Appetit ist Dir ja nicht neu. Es macht mich unglaublich wütend, dass diese beiden bis zum Platzen essen können und doch so dünn wie Bohnenstangen bleiben, während ich ein *éclair* nur einmal anschaue und meine Arme schon ein wenig fester in meinen seidenen Ärmeln liegen.

Aber zurück zu Lucians Besuchen in diesem Haus und meinen lächerlichen Befürchtungen. Während ich dies schreibe, fange ich selbst an zu kichern. Nicht nur aus Erleichterung darüber, dass mein lieber Mann mir ebenso ergeben ist wie immer, sondern bei dem Gedanken daran, was er tat und warum. Also hast Du jetzt meine Erlaubnis, mit mir zu lachen. Doch versprich mir noch einmal, dass Du nicht über Lucian lachen oder ein Wort verraten wirst.

Also wer waren diese Männer, die in diesem Haus kamen und gingen und warum war mein Mann einer von ihnen? Es stellte sich heraus, dass dieses Haus ein Club ist und seine Mitglieder eine kleine, jährliche Gebühr zahlen, um zu kommen und zu gehen, wie es ihnen gefällt, für die Benutzung und Unterhaltung der Erfrischungsräume, und natürlich der Spielflächen in dem ummauerten Garten hinter dem Haus. Der Spion fand das alles heraus, als er den Versuch machte, das Gebäude zu betreten und man ihm sagte, dass die Klientel exklusiv, jedoch nicht auf unseren Stand beschränkt wäre, da die meisten der Gentlemen einen Beruf ausübten. Ich vermute, dass Lucian dachte, indem er einen Club am anderen Ufer fand, wäre es weniger wahrschein-lich, dass er entdeckt würde oder jemanden träfe, der mit uns bekannt ist. Nun, er dachte nicht daran, dass er eine eifersüchtige und misstrauische Frau hatte, die jede seiner Bewegungen verfolgen ließe!

Also, was ist das für ein Club am linken Ufer der Seine, mit einem ummauerten Garten, der der Pflege bedarf und eine exklusive Mitgliedschaft hat, wo nur Männern der Zutritt erlaubt ist, und, wie ich zu behaupten wage, das einzige weibliche Wesen im Umkreis von fünfzig Yard das Hausmädchen ist, das die Tassen von den Tischen räumt?

Es ist ein Boule-Club! Boule! Antonia, Boule. So wahr Vater Michael mein Beichtvater ist, sage ich Dir die Wahrheit, wenn ich sage, dass Lucian zwei Stunden seiner Tage, drei Mal in der Woche, damit verbringt, mit Anwälten, Ärzten und solchen Leuten Boule zu spielen! *Mon Dieu*! Unter allen Dingen, die er tun könnte und von denen ich dachte, dass er sie täte, macht er nichts anderes, als Boule zu spielen!

Ach Antonia, als der Spion mir das erzählte, brach ich in solche Tränen der Freude und des Unglaubens aus, dass meine Damen dachten, ich hätte eine Art von Anfall. Mein Korsett war zu fest geschnürt und ich konnte vor lauter erleichtertem Lachen kaum atmen. Meine Kopfschmerzen waren augenblicklich verschwunden und ich stand von meinem Sofa auf und verlangte nach einem Bad und meinem besten Kleid, um bestmöglich auszusehen, wenn Lucian später an diesem Tag zurückkäme. Ich schickte sogar in die Küche, um sein Lieblingsgericht, Geflügel in Knoblauch, zuzubereiten.

Ich will Dich nicht mit den Einzelheiten darüber langweilen, dass mein lieber Mann seine Zeit damit verbringt, so geheimnisvoll Boule zu spielen. Er ist beim Sport immer sehr auf Konkurrenzfähigkeit bedacht und ich bin sicher, dass nur das ihn zu einem so ausgezeichneten Fechter gemacht hat. Und noch einmal, Du darfst nichts davon Roxton verraten, der sicher meinen lieben Mann necken wird, wenn nicht mit Worten, doch so, dass Lucian sich fragen wird, woher er dieses kleine Geheimnis kennt.

So, und nachdem Du jetzt deine Augen von deinen Lachtränen getrocknet hast, muss ich die Schuld für meine schlechte Gesundheit und unbegründeten Verdächtigungen während dieser Episode und Lucians Besessenheit beim Boulespiel zu deinen zarten Füßen ablegen, liebe Schwester. Es ist schließlich alles Deine Schuld! Denn warum übt und übt Lucian, Boule zu spielen? Wegen einer lächerlichen Wette von euch beiden! Zweifellos hast Du es als belanglose Bemerkung gesagt und sofort vergessen, doch Lucian hat es als Herausforderung betrachtet und ist entschlossen, sie zu gewinnen. Ganz gleich, dass es nur um zehn Pfund geht — was bedeutet das schon für einen von Euch? Für Lucian ist es nur wichtig, zu gewinnen. Natürlich habe ich ihm gesagt, dass er Dich auf jedem Fall bei diesem Spiel schlagen wird, was ihn sehr glücklich gemacht hat. Doch in Wahrheit glaube ich es nicht, denn Du bist die bessere Spielerin, und weil Lucian, wie ich glaube, nicht so gut sieht, wie er behauptet und daher alles, was mehr als eine Armlänge von ihm weg geschieht, für ihn undeutlich ist. Daher hat er sich davon überzeugt, dass er gewinnen kann, und niemand sonst.

Und nachdem Du jetzt weißt, dass ich eine törichte Frau war und dachte, dass meine Ehe in Gefahr wäre, unglücklich zu werden und dass ich nicht länger von unbegründeten Ängsten geplagt werde, muss ich Dir sagen, dass meine Kopfschmerzen zurückgekommen sind, vielleicht noch schlimmer als zuvor, und das erschreckende daran ist, eher wer sie mit erschreckender Geschwindigkeit hat zurückkommen lassen, nämlich mein Sohn.

Als Mutter von Söhnen, meine liebste Schwester, kannst Du die Sorgen, die ich mir wegen meines lieben Jungen mache, nur teilen. Vom Augenblick seiner Geburt an bis zu diesem Morgen war jeder Tag seines Lebens meine beständige Freude und meine tägliche Sorge. Väter haben auch Sorgen, doch sie ängstigen sich nicht so, wie wir es tun, und manchmal frage ich mich, ob sie von einer Woche zur nächsten überhaupt an ihre Kinder denken!

Heute macht es mir Sorgen, dass Evelyn nicht die geringste Neigung zu den üblichen männlichen Vergnügungen zeigt, wie jeder Junge seines Alters es tun sollte. Er hasst körperliche Anstrengung jeglicher Art, obwohl er kein schlechter Fechter ist. Zumindest laut seinem Vater. Und Lucian sollte es wissen, da er der beste Fechter seiner Zeit ist. Er sagt, dass Evelyn sich nicht durch seine eigenen Bewegungen auszeichnet, sondern durch die Führung seines Degens. Und auf diese Weise wäre er fähig, seinen Gegner zu schlagen. Anscheinend ist diese Degenführung nicht so leicht und auch Roxton wäre gut darin. Lucian sagte mir, ich sollte mir keine Sorgen machen, Evelyn könnte durchaus seinen Mann stehen, wenn es zu einem Duell käme oder wenn ihm ein paar Schurken auflauerten, er könnte zwar geschlagen werden, doch mit dem Degen würde ihn niemand überwinden können.

Und das soll mich beruhigen?

Und er nimmt an keiner Jagd teil, schießt nicht oder wettet nicht auf Tierkämpfe, wie es alle jungen Männer seines Alters tun. Er zieht es vor, sich bei Orchestern, Opern und Musikveranstaltungen herumzutreiben, wohin er seine Geige mitnimmt. Oft geht er in die Tuilerien, wenn dort Stände aufgestellt werden und eine große Zahl an Leuten promeniert, Leute, die wir kennen. Dann stellt er seinen Notenständer auf mit seinen Noten und spielt für die gewöhnlichen Leute, als wäre er ein Bettler und nicht der Neffe eines Herzogs. Warum? Was hat es für einen Zweck, auf diese Weise die Aufmerksamkeit auf sich zu lenken, Antonia? Warum demütigt er sich in dieser Art? Liegt ihm denn nichts am Namen seiner Familie? Seinen Ahnen? Dass seine Mama, die Tochter eines Marquis, die Enkelin eines Herzogs und Schwester eines Herzogs — und nicht irgendeines Herzogs, sondern Roxtons — sich beschämt fühlt, wenn ihr Sohn so öffentlich auftritt? Sind ihm meine Gefühle, meine Scham, völlig gleichgültig?

Ich habe von Lucian verlangt, dass er seinem Sohn befehlen soll, diese schändlichen öffentlichen Darstellungen einzustellen, ihm zu erklären, was er seinem Namen schuldig ist und wie diese öffentlichen Vorstellungen seine Mama dazu bringen, das Bett zu hüten. Und was tut Lucian? Nicht das, worum ich bat. Er erklärte Evelyn nicht, dass er sich und der Familie Schande macht und noch wichtiger, die Gesundheit seiner Mama gefährdet! Ich kann es kaum über mich bringen, hier aufzuschreiben, was er tat, doch für Dich will ich es tun. Lucian fragte Evelyn stattdessen, wie viel Geld das Publikum in seine Mütze geworfen hätte und ob es genug Kleingeld wäre, um eine gute Flasche Wein zu kaufen. Und dann lachten die beiden zusammen wie zwei unartige Kinder. Was mich noch wütender machte als alles andere! Und kein Wort der Warnung an seinen Sohn kam über Lucians Lippen. Es ist extrem beschämend.

Und lass mich nicht von Evelyn und Frauen anfangen, denn da gibt es nichts zu sagen!

Ich frage mich, warum er an keinen Ausschweifungen teilnimmt und hinter Frauen her ist wie ein Mann? Was für unsere Söhne in diesem Alter ein normales Verhalten wäre, nicht wahr? Warum erwirbt Alston, während Ihr in England seid, den Ruf in den Salons, sich für eine bestimmte Operntänzerin zu interessieren — oder ist es eine Sängerin? Egal. Wichtig ist, er bekommt einen Ruf! So, wie es sich für den Sohn eines Herzogs gehört. Doch der einzige Ruf, den mein Sohn erwirbt, ist der eines Mannes, der verdächtigt wird, ein *petit maître* zu sein! Ich sage Dir, Antonia, ich bin so gekränkt und insgeheim am Boden zerstört; wenn dies wahr ist, werde ich niemals Enkel haben! Und ich muss doch Enkel haben, denn was bleibt uns denn im hohen Alter, wenn wir keine Kleinen mehr haben, um die wir uns Sorgen machen können?

Kann das Leben so grausam mir gegenüber sein? Kann Evelyn so grausam zu seiner Mama sein, dass er sein eigenes Geschlecht bevorzugt, statt sein Bett mit einer Frau zu teilen? Natürlich sagt Lucian, mein Kopf sei voller unbegründeter Ängste und Unsinn, und ich sollte aufhören, dem Klatsch in Julie Charmonds Salons zu lauschen. Er sagte, er hätte es aus bester Quelle, dass unser Sohn ein regelmäßiger Besucher eines bestimmten Bordells nicht weit von hier wäre, das ausschließlich Adlige bedient. Ich sagte ihm, dass ich das keinen Augenblick glauben würde und damit ich es glaubte, müsste ich einen Beweis haben. Lucian hatte natürlich keinen Beweis und er stürmte aus meiner Morgentoilette hinaus und brummte, dass sein Wort nicht gut genug wäre und sein Gesicht war ganz rot angelaufen.

Wenn ich jetzt an dieses Gespräch zurückdenke, glaube ich, dass diese beste Quelle er selbst ist! Und dass seine Reaktion, wie er aus meinem Boudoir stürmte, vielleicht daran lag, dass auch Lucian einen Spion engagiert hatte, um unseren Sohn zu überwachen. Und dies, weil er, genau wie ich, besorgt war, dass sein Sohn sich nicht in dieser Art für Frauen interessierte. Doch von den Besuchen unseres Sohnes in einem Bordell, das Adlige bedient, die Frauen begehren, zu erfahren, hat Lucian weniger besorgt wegen Evelyns Vorlieben gemacht, doch es war ihm zu peinlich, mir zu erzählen, wie er zu diesen Informationen kam und was ich von ihm denken würde, weil er eine Person dazu engagiert hatte, um unserem Sohn hinterher zu spionieren.

*Mon Dieu*, aber in meiner Familie sind wir auf unsere Art alle Dummköpfe, und wieder kichere ich und denke über unsere Albernheit nach.

Antonia, ich kann keinen einzigen Strich weiter schreiben. Mein Kopf platzt, diesmal vom Lachen, was mich wieder schwach macht. Aber es sollte Dir gefallen, dass ich, wie wir alle, sehr, sehr glücklich bin. Doch wir vermissen Dich und die Familie.

All meine Liebe und Küsse für Henri-Antoine, Roxton und für Dich, meine liebste Schwester. Bitte, kommt schnell nach Hause.

Immer die Deine,<br>Estée

*Der höchst ehrenwerte Marquess von Alston, Bess House, Lake Windermere, Cumbria, England, an seine Gnaden, den hochedlen Herzog von Roxton, Hôtel Roxton, Rue St. Honoré, Paris, Frankreich.*

Bess House, Lake Windermere, Cumbria, England
November 1769

Liebster Papa, ich vertraue darauf, dass dieses kurze Schreiben Euch und Mama bei Eurer gewohnten guten Gesundheit antrifft und Harry in besserer Gesundheit als in Eurem letzten Brief, in dem Ihr berichtetet, dass er in zwei Wochen zwei Anfälle erlitten hätte.

Das war, bevor Jack Cavendish zu Euch zog, und ich hoffe, dass er sich in der Gesellschaft seines besten Freundes nicht zu sehr anstrengt. Jack ist ein lebhafter Junge, aber auch gutmütig, wie Ihr zweifellos bereits entdeckt habt. Ich habe volles Vertrauen darin, dass er Harrys Stimmung heben wird und ihn vielleicht von seiner Krankheit ablenkt, um zu genießen, einfach ein Junge zu sein und kein grübelnder Kranker. Bitte, gebt ihm einen Kuss und meine besten Grüße. Sagt ihm, sein Bruder hätte seine Künste im Bogenschießen geübt, damit er, wenn ich nach Paris komme, eine Chance bekommt, seinen Vorsprung auszubauen.

Ich glaube, er trifft dreimal ins Schwarze, wenn ich es einmal schaffe.

Ich weiß nicht, wann Ihr zum letzten Mal Gelegenheit hattet, Bess House hier in Cumbria zu besuchen. Da ich keine Erinnerung daran habe, je einen Fuß so weit nach Norden gesetzt zu haben und Mama diesen Ort niemals erwähnt hat, kann ich nur annehmen, dass Ihr selbst dieses elisabethanische Gemäuer der Mutter deines Vaters, der 4. Herzogin von Roxton, der Lady Elizabeth Strang Leven, wie sie hieß, als sie noch hier wohnte, nie besucht habt. Es gibt ein Porträt von ihr hier an der Wand und ein weiteres von ihrem Bruder und seinen zwei direkten Cousins, die alle gut aussehen, wenn nicht ihre seltsamen Haare wären. Sie alle tragen diese langen Perücken, die zur Zeit des Fröhlichen Monarchen Mode waren, mit genug Haar auf ihren Köpfen, um die Kahlköpfe von sechs Mädchen zu schmücken! Wie Pudel. Doch Eure Großmutter ist eine gutaussehende Frau mit dunklen Augen, die Eure Aufmerksamkeit fesseln und sie damit unvergesslich machen würde. Wenn ich mich nicht irre, habt Ihr diese Augen von ihr geerbt.

Doch ich bin sicher, dass Ihr Euch nicht für die Augen Eurer Großmutter interessiert, oder dafür, was ich Euch über dieses Anwesen sagen kann, was Ihr nicht schon in den monatlichen Berichten lest, die Euch der Gutsverwalter schickt. Was ich jedoch anmerken möchte, als interessierter Dritter, ist, dass die Dunnes alles in guter Ordnung halten, obwohl die Ziergärten, trotz ihrer sklavischen Hingabe, den Rat eines angesehenen Gärtners brauchen könnten und die Muskelkraft eines Teams seiner Männer, um die Blattgewächse wieder zu ihrer früheren Schönheit zurückzuführen. Daher habe ich den Dunnes die Erlaubnis erteilt, solche Männer anzustellen, und auch den Steg neu aufzubauen, der ungefähr zur Zeit der Rebellion in '45, als das Haus von den Rebellen besetzt gewesen war und danach einige Zeit die Armee beherbergte, abbrannte.

Ich bitte um Eure Erlaubnis, meine Familie zum Wohnen hierher bringen zu dürfen. Ja, Vater, meine Familie. Denn ich bin dazu entschlossen, meine Ehe erfolgreich zu machen. Ihr werdet erfreut sein zu lesen, dass die Ehe nicht mehr nur dem Namen nach besteht. Sicher, es war eine arrangierte Vereinigung, die unter den schwierigsten Umständen zustande kam, doch seit ich Deborah hierhergebracht habe, ist die Art, wie unsere Ehe zustande kam, jetzt unwichtig für mich. Ich hoffe, wenn sie sich dieses Umstands erst bewusst wird, dass meine Frau es auch für eine Kleinigkeit halten wird. Wichtig ist das hier und jetzt und die Zukunft.

Ich weiß, dass zu der Zeit, als wir verheiratet wurden, die Kriterien, wegen denen Deborahs sich zu meiner Braut eignete, ihre Abstammung und ihr Alter waren, ohne Rücksicht auf ihr Aussehen, ihren Charakter oder ihre Intelligenz. Unsere Gedanken und Gefühle wurden als unwichtig abgetan.

Und doch, darf ich das Offensichtliche feststellen. Als Ihr Mama gehciratet habt, muss es nur um Gefühle gegangen sein. Ihr habt eine Frau geheiratet, die Eurem hohen Rang und Euren Erwartungen zu entsprechen vermochte, eine Frau, die nicht nur über große äußere Schönheit verfügte, sondern deren Denken und Tun ihre innere Schönheit widerspiegelten und deren überlegener Verstand im Einklang mit Eurem stand.

Ich gehe nicht auf diese Dinge ein, um Euch Schmerz zu bereiten, sondern um Euch und Mama zu versichern, dass ich trotz der Umstände unserer Heirat ziemlich sicher bin, in Deborah eine Partnerin gefunden zu haben, die meinen Erwartungen in jeder Hinsicht entspricht. Ich hoffe, dass dies Euer Herz leichter machen wird.

Wenn ich jetzt noch den Erwartungen meiner Frau als Ehemann und Vater unserer zukünftigen Kinder gerecht werden kann, will ich zufrieden sein. Ist es das, was Ihr bei Mama empfindet — Zufriedenheit? Es ist ein Wort, das ich nie im Zusammenhang mit meiner Ehe zu verwenden gedachte, und doch ist es jetzt das einzige Wort, das ich für meine Zukunft mit Deborah zu verwenden hoffe.

Was mich zu dem Grund für diesen Brief bringt. Ich muss um Verzeihung bitten, dass ich Euch nicht sagen kann, wann wir nach Paris reisen werden. Ich würde gern sagen können, dass wir unterwegs sind. Doch das sind wir nicht. Ich werde nicht die mit meiner Braut verbrachte Zeit verkürzen, um die Launen eines französischen Anwalts und die Lügen der trotzigen Tochter eines Steuereintreibers zu befriedigen. Ich werde kommen, wenn ich dazu bereit bin — wenn wir bereit sind.

Ich kann nicht hier fort, solange ich nicht sicher bin, dass Deborah meine kleine Täuschung akzeptieren wird, denn sie weiß noch immer nicht, wer ich bin und ich muss noch immer den richtigen Augenblick finden, um es ihr anzuvertrauen — es ihr zu gestehen. Ich zögere noch, dies jetzt zu tun. Sie braucht mehr Zeit, um mich gründlich kennenzulernen und wenn ich ihr dann schließlich meinen wahren Rang gestehe, mich um meiner selbst willen zu beurteilen, und zu wissen, dass ich nie das libidinöse Monster sein kann, als das die französischen Blätter mich zeichnen, die versuchen, meine Glaubwürdigkeit und den guten Namen meiner Familie zu zerstören.

Daher muss ich Eure Aufforderung, zum nächstmöglichen Zeitpunkt in Paris vorstellig zu werden, höflich ablehnen. Stattdessen flehe ich um Eure Nachsicht, dass Ihr versteht, dass meine Frau und ich uns in diesen ersten Wochen unserer Ehe in einem heiklen Stadium befinden. Erst wenn ich zuversichtlich bin, dass das Vertrauen meiner Frau in mich vollständig ist und ich den

Mut gefunden habe, ihr die Wahrheit zu sagen, werde ich hier abreisen und nach Paris zurückkehren, um mich meinen Anklägern zu stellen.

Ich bedauere, Euch und Mama unverdiente Sorgen zu bereiten, doch ich vertraue darauf, dass Ihr beide versteht, wie wichtig dies für mich und die Zukunft des Herzogtums Roxton ist.

Euer liebender Sohn,
Julian

*Sir Gerald Cavendish Bt., Abbeywood über Bisley, Gloucestershire, England, an seine Gnaden, den hochedlen Herzog von Roxton, Hôtel Roxton, Rue St. Honoré, Paris, Frankreich.*

Abbeywood bei Bisley, Gloucestershire, England
Februar 1770.

Mylord Herzog,

Mit größter Sorge berichte ich Euch die höchst unglücklichen Nachrichten. Ich vertraue darauf, dass Ihr beim Lesen dieses Briefes nicht schlecht von seinem Schreiber denken werdet, denn ich bin nur der Bote und als solcher bin ich enttäuscht, nein wütend auf meine Schwester — wenn ich sie noch so nennen kann, nach ihrem empörenden Mangel an Manieren und feineren Gefühlen — wie Ihr es beim Lesen dieser Nachricht auch sein müsst.

Ich bin äußerst betrübt, Mylord Herzog, Euch mitteilen zu müssen, dass keine Überredungskünste meinerseits meine Schwester dazu bringen können, ihr Haus in Bath zu verlassen und nach Paris zu reisen, um ihren rechtmäßigen Platz an der Seite ihres geschätzten Ehemannes einzunehmen. Ich habe viele Stunden mit dem Versuch verbracht, ihr die Pflichten einzuprägen, die sie Eurer Familie gegenüber hat, doch vergebens. Sie will in ihrem Starrsinn keine anderen Argumente gelten lassen als ihre eigenen. Bei meinem dritten Besuch in ebenso vielen Tagen verwehrte sie mir den Zutritt zu ihrem Haus. Mir! Ihrem Bruder wurde der Zutritt durch ihre Dienstboten verwehrt. Ich bin sicher, dass Ihr ebenso entsetzt sein müsst wie ich über einen solchen Umstand, und zu denken, dass dieses Volk die Frechheit hatte, vor mir den Schlüssel im Schloss umzudrehen und mich in der Straße auf eine Antwort wartend stehen zu lassen. Die Unverschämtheit solchen Handelns hätte mich fast auf dem Absatz kehrtmachen und davongehen lassen. Doch dann erinnerte ich mich der größeren Not, der Eures Sohnes, Lord Alstons, dass seine Frau zu ihm nach Paris kommen muss, um in diesen höchst beunruhigenden Zeiten die Einheit der Familie zu demonstrieren. Daher wartete ich gute fünf Minuten auf dem Bürgersteig, wurde von einer Reihe von Personen, die ihren Geschäften nachgingen, beäugt, damit meine Schwester mich endlich einlassen würde. Stellt Euch meine Abscheu vor, als mir durch Rufe durch die Tür, nichts anderes, übermittelt wurde, dass mir die Erlaubnis verweigert würde und dass es zu den Gesprächen bei meinen letzten beiden Besuchen nichts hinzuzufügen gäbe.

Dann suchte ich Deborahs Arzt auf, in der Hoffnung, dass Dr. Medlow sich als vernünftiger erweisen würde, und das Rätsel um die Krankheit, an der meine Schwester leidet, lösen würde. Der Mann wollte mir nicht mehr sagen, als dass meine Schwester tatsächlich krank wäre. Dann besaß er die Frechheit hinzuzufügen, dass es das Beste für ihre Gesundheit und ihr Wohlbefinden wäre, würde ich mich von der Milsom Street fernhalten! Ich kann mir Euren Blick des Abscheus, geehrter Herzog, gut vorstellen, wenn Ihr lest, dass ein Angehöriger des medizinischen Berufes die Kühnheit hatte, einem Baronet Ratschläge zu erteilen. Ich drohte, Medlow aus der Liste streichen zu lassen. Ich machte ihm bewusst, wem er da Trotz bot — in Wahrheit Euch, Euer Gnaden. Doch nichts wollte ihn dazu bringen, eine Silbe mehr zu äußern, als er mir bereits gesagt hatte. Und dann wünschte er mir einen guten Tag!

Als ich Deborah zu den beiden Gelegenheiten zuvor besucht hatte und in ihre Gegenwart zugelassen wurde, war sie auf ihrer Couch liegen geblieben und hatte mich nicht einmal höflich begrüßt, kaum ein Auge geöffnet, um mich anzuschauen. Es war, als ob sogar dieser kleine Hauch der Anerkennung zu viel für sie wäre, um es zu ertragen, denn sie drückte sich sofort ein Taschentuch vor den Mund und drehte ihren Kopf in das Kissen, mit einer Dramatik, die einer Darstellung Mrs. Woffingtons würdig gewesen wäre!

Ich bin der Ansicht, dass dies alles nur eine List ist, um Zeit zu gewinnen, während sie einen Anwalt konsultiert, der ihrem Anliegen, eine Trennung von ihrem Ehemann zu bewirken, mitfühlend gegenübersteht. Denn das ist ihre Absicht, Euer Gnaden. Ich bin bei dem Gedanken noch völlig schockiert! Es übersteigt mein Verständnis, warum sie sich von einer so illustren Familie würde trennen wollen! Keine Argumente meinerseits, auch nicht meine Erinnerung an die gute Neuigkeit, dass sie eines Tages eine Herzogin sein wird, und nicht irgendeine Herzogin, sondern die Herzogin von Roxton, entlockte ihr mehr als ein Stöhnen, als würde die bloße Vorstellung ihr körperlichen Schmerz zufügen. Dann machte ich ihr unmissverständlich klar, dass auch nur der Versuch, ein solches Verfahren einzuleiten, zu ihrem Ruin führen würde, und sie damit auch den angesehenen Namen Cavendish ruinieren und unerwünschte Aufmerksamkeit auf das Herzogtum Roxton lenken würde. Woraufhin sie nur ihr Gesicht ganz abwandte und etwas Unverständliches in ihr Kissen murmelte, was ihre Zofe als den Wunsch ihrer Herrin deutete, dass ich diese ihrem Leiden überlassen sollte.

Ich flehe Euer Gnaden an, mir zu glauben, dass meine Loyalität, auch wenn Deborah meine Schwester ist, immer Euch und Eurer Familie gehört. Ich wage es, Eure Verzeihung für das empörende Betragen meiner Schwester zu erflehen. Ich hoffe, ihr rücksichtsloses Verhalten wird in keiner Weise auf meine Person und meine Loyalität zurückfallen, und dass die Einladung, die Eure liebe Herzogin an mich und meine Frau ausgesprochen hat, dass wir uns Euch zur Feier der Hochzeit des französischen Dauphins mit der österreichischen Prinzessin Marie Antoinette anschließen sollen, weiter aufrecht erhalten bleibt.

Lady Mary und ich freuen uns darauf, Euch und die liebe Herzogin im Frühjahr zu besuchen.

Euer gehorsamster und ergebenster Diener,<br>
Gerald Cavendish Bt.

*Mme la duchesse de Roxton, Hôtel Roxton, Rue St. Honoré, Paris, Frankreich, an Mr. Martin Ellicott, Esq., Moran House, Bath Road, Avon, England.*

HHotel Roxton, Rue St. Honoré, Paris
März 1770

Liebster Martin,

Ich zähle die Tage, bis Ihr bei uns seid. Ich bin egoistisch und wünschte, Ihr wäret jetzt hier, bevor der Rest der Familie eintrifft, damit wir Euch wenigstens ein paar Tage nur für uns haben könnten. Doch ich hoffe, dass das noch geschehen wird, wenn die anderen alle fort sind am Ende der Feierlichkeiten in Paris anlässlich der Hochzeit des Enkels des Königs mit seiner österreichischen Prinzessin.

Niemand außer Monseigneur kennt mich besser als Ihr, mein liebster Freund. Und wenn ich Euch daher sage, dass sich unsere größte Hoffnung wieder einmal zerschlagen hat, werdet Ihr verstehen, dass ich untröstlich bin. Ich war davon überzeugt, dass dieses Kleine am Leben festhalten und wachsen würde und wir zu Beginn des Herbstes mit einem Kindchen gesegnet werden würden. Doch es sollte leider nicht so sein und ich verlor dieses *bébé* mit elf Wochen.

Dieses Mal erzählten wir niemandem, dass ich *enceinte* war. Nur meine Damen wussten es natürlich, und wir beteten um das, was jetzt sicher unmöglich bleiben muss. Wir hatten geplant, es Julian zu erzählen, wäre das *bébé* über die ersten Monate hinausgekommen. Ich habe es weder Estée noch Vallentine anvertraut, nur Euch. Denn erinnert Ihr Euch, was ich Euch vor zwei Jahren über ihre Reaktionen erzählt habe auf die Neuigkeit hin, dass ich schwanger wäre? Ich war erstaunt zu hören, dass sie beide sagten, M'sieur le duc wäre zu alt, um noch einmal Papa zu werden, und Estée wagte sogar vorzuschlagen, dass wir in unserem Alter gar nicht mehr miteinander schlafen sollten! Sie benutzte das Wort unanständig. *Unglaublich!* Es interessiert mich nicht, was in der Vertrautheit ihres Schlafzimmers vor sich geht und daher geht es sie auch nichts an, was in meinem geschieht. Aber Ihr werdet mich für frech halten und doch wissen, dass es mir ähnlichsieht, wenn ich Euch erzähle, dass ich Estée antwortete, dass für uns jede Nacht so ist, als hätten unsere Flitterwochen nie geendet. Meine arme Schwester wäre fast ohnmächtig geworden und fiel dabei von der Chaiselongue! Und ich gebe zu, dass ich gelacht habe, und Renard auch, als ich ihm später am Abend von meinem Spott erzählte.

Meine Söhne bedeuten mir die ganze Welt, und nach dieser letzten Fehlgeburt vielleicht noch etwas mehr. Sie sind im Alter so weit auseinander — der ältere ist so beliebt und gefeiert, und der jüngere möchte das auch und es ist für ihn noch ein so weiter Weg, dass sie mich trösten nach dem herzzerreißenden Verlust von fünf Kleinen (und nun einem sechsten), die uns genommen wurden, bevor sie kaum Gestalt angenommen hatten und aus Gründen, die nur Gott selbst kennt. Nicht, wie es meine Groß-mutter sehen will und wie es anscheinend auch Estée sieht, wegen des Altersunterschieds zwischen Renard und mir. Eine absurde und gehässige Theorie. Ist es falsch von mir, dass ich wünsche, sie hätte lange genug gelebt, um die Geburt von Henri-Antoine zu erleben? Nur ihr zum Trotze? Nein! Das ist ein schrecklicher Wunsch und Ihr müsst mir vergeben. Ich bin noch voller Trauer und nicht ganz ich selbst. Ich verspreche, bis zu Eurer Ankunft wieder ganz genesen zu sein, denn Ihr helft mir immer, mich besser zu fühlen.

Ein Brief von mir wäre nicht derselbe, nicht wahr, wenn ich nicht über meinen kleinen Jungen und seine Anfälle schreiben würde. Er bereitet uns beständige Sorgen. Nicht nur wegen seiner allmonatlichen, manchmal allwöchentlichen Anfälle, die seinen kleinen Körper ganz steif und seine Augen weit aufgerissen werden lassen und mein Herz zum Rasen bringen, weil ich mich jedes Mal frage, ob dies vielleicht der Anfall ist, der seinen Atem endgültig stocken lassen wird! Aber Dr. Bailey bleibt zuversichtlich, dass die Anfälle mit dem Alter und geschickter Behandlung in Häufigkeit und Schwere nachlassen werden. Wir können uns nur an seine Worte halten.

M'sieur le duc, wie Ihr wisst, hält nichts von öffentlicher Zurschaustellung von Gefühlen, daher verbirgt er sehr gut, wie sehr Henri-Antoines Leiden ihn schmerzt. Wie immer ist er ruhig und beherrscht, was er sein ganzes Leben lang geübt hat, obwohl ich weiß, dass es ihn innerlich zerreißt. Ich glaube auch wirklich, dass Renards Stimme eine beruhigende Wirkung auf unseren Sohn hat. Ich bilde es mir nicht ein, wenn ich sage, dass ein Anfall nicht so lange dauert, auch wenn er genauso heftig ist, wenn er beruhigend auf Henri-Antoine einredet. Dr. Bailey ist der gleichen Meinung.

Wenn ich daher, ohne dass mein liebster Kleiner mich sehen kann, die Hände ringe, sitzt M'sieur le duc an seiner Seite und hält die Hand seines Sohnes und streichelt seine glatte Stirn mit einer kühlen Hand. Und die ganze Zeit spricht er in sanftem Ton mit ihm, auf Englisch, was seine bereits tiefe Stimme aus einem unverständlichen Grund noch tiefer wirken lässt. Ihn so beruhigend sprechen zu hören, erweicht mein Herz und lässt mir Tränen in die Augen steigen. Henri-Antoine hat nie zu einem von uns gesagt, dass er hören würde, was sein Papa zu ihm sagt, nur, dass er weiß, dass Papa an seiner Seite ist. Ich weiß nicht die Hälfte von dem, was Renard zu ihm sagt, nicht, weil ich sein Englisch nicht verstünde, sondern weil ich so aufgeregt bin, dass ich kaum denken kann. Doch wisst Ihr, Martin, die Stimme von M'sieur le duc hat mich die gleiche Wirkung und dann bin bald auch ich ruhiger.

Wir, Henri-Antoine und ich, lauschten den Geschichten über Renards Kindheit, als er und Vallentine in Eton sehr unartig waren, oder von ihrer Zeit auf der Grand Tour, wenn sie ein Wettrennen auf Kamelen an den Ufern des Nils machten, oder als sie den Mont Cenis Pass überquerten, getragen von den Marrons, den einheimischen Dorfbewohnern, in besonderen Tragsesseln, und so begeistert davon waren, im Schnee ein Wettrennen zu veranstalten, dass die Marrons den Halt verloren und sie alle beinahe vom Grat herabstürzten und in den Tod hätten fallen können. Und all das erzählt er Henri-Antoine mit einer Stimme, als wäre es etwas Alltägliches. Und was mir das Herz bricht, ist, dass er diese Geschichten jedes Mal mit demselben Wunsch beendet — dass Henri-Antoine, wenn er erst älter ist, die gleichen unartigen Dinge mit seinem besten Freund zusammen tun wird und nichts seinen Papa glücklicher machen würde, als in seinen Briefen von diesen Unarten zu lesen.

Doch jetzt habe ich noch eine andere Sorge und, Martin, Ihr müsst mir die Wahrheit sagen, wenn Ihr M'sieur le duc seht und mir sagen, ob Ihr ihn verändert und nicht mehr so wohl aussehend findet wie zu Weihnachten, als Ihr ihn zuletzt gesehen habt. Er wird mir nicht sagen, was ihm fehlt, und sagt, es ist nichts.

Dass er zweiundsechzig ist und es daher normal ist, mehr regelmäßige Besuche von seinen Ärzten zu empfangen. Doch ich weiß, dass er etwas vor mir verbirgt! Ich weiß es! Sagt mir — wann war das letzte Mal, dass er nicht früh am Morgen ausgeritten ist, wenn nicht vor dem Frühstück, dann doch zumindest am Vormittag? Und in diesen letzten drei Monaten war er kaum ein Dutzend Mal im Sattel, oder noch seltener. Und seine Atmung ist nicht, wie sie sein sollte. Obwohl er sein Bestes gibt, um das vor mir zu verbergen! Vor mir! Warum? Warum sollte er plötzlich anfangen, Dinge vor mir zu verbergen, wenn er das noch nie zuvor getan hat? Also müsst Ihr mir die Wahrheit sagen, wenn Ihr ihn seht und mir sagen, dass ich mir nicht nur einbilde, dass er etwas atemlos ist und müde aussieht.

Natürlich könnte das alles an der großen Belastung wegen dieses lächerlichen Gerichtsverfahrens und den Anschuldigungen gegen Julian liegen, die ihn sehr bedrücken. Mir fehlt auch der Atem, aber vor Zorn, bei dem Gedanken, dass ein Steuereintreiber die Frechheit besitzt, meinen Sohn vor ein Gericht zu zerren, noch dazu wegen etwas, wovon ich weiß, dass er es nicht getan hat. Zu denken, dass dies in allen Nachrichtenblättern hier steht und sie zulassen, dass solche Verleumdungen gedruckt werden, geht weit über das hinaus, was englischen Zeitungsblättern erlaubt würde. Ich bin überzeugt, dass es einen tieferen Grund gibt als nur die Vernarrtheit eines dummen, kleinen Mädchens in meinen Sohn und den Wunsch eines Steuereintreibers, seine Familie in den Adel zu erheben — zwei Dinge, die so wahrscheinlich eintreten werden, als wollten Kühe an meinem Fenster vorbeifliegen!

Ihr sagt mir, dass unser Sohn solcher Handlungen nicht fähig wäre, wie sie in der französischen Presse beschrieben werden, dass er zu ehrenhaft ist und zu viel Stolz besitzt, und es ihm nie in den Sinn käme, ein Mädchen zu verführen, am allerwenigsten eines aus der Bourgeoisie. Und Ihr kennt unseren Sohn ebenso gut wie seine Eltern! Ich glaube, Ihr wisst auch, dass Julian prüde ist und moralisch keusch. Hätte M'sieur le duc mir nicht die Affäre unseres Sohnes mit der schönen Frau des russischen Diplomaten anvertraut, hätte ich angenommen, er müsste in Dingen des Schlafzimmers völlig ahnungslos sein, als er zu seinen Flitterwochen aufbrach. Doch ich bin um seiner Frau willen froh, dass er das nicht war. Was mich dazu bringt, Euch zu sagen, dass ich den Brief, den Ihr uns nach Julians Rückkehr aus Cumbria mit Deborah sandte, wie einen Schatz hüte.

Es machte uns sehr glücklich zu wissen, dass sie endlich wirklich Mann und Frau sind. Dass er sie in die Wildnis des Lake Windermere zu einer richtigen Hochzeitsreise entführte, lässt für den Beginn ihrer Ehe Gutes hoffen, nicht wahr? Dass Ihr mir sagt, unsere Schwiegertochter wäre in Julian verliebt, gibt mir ein viel besseres Gefühl bei dieser Ehe. Ihr wisst ja, dass ich sehr unglücklich war, dass Renard Julian auf diese Weise verheiratete, und wenn sich herausgestellt hätte, dass Deborah ihm nicht gefiel, oder er ihr, hätte ich sie gerne getrennt gesehen, bevor die Ehe vollzogen worden war.

Dass die Dinge sich nicht so entwickelt haben, wie wir hofften und Deborah in England bleibt, ich denke, aus Sturheit, kann ich ihr nicht verübeln. Sie hat jedes Recht, auf Julian zornig zu sein, weil er sie wegen seines Standes getäuscht hat. Warum konnte er während ihrer Flitterwochen keinen Augenblick finden, um ihr alles zu gestehen? Es gibt keinen besseren Ort als das Ehebett für solche Geständnisse und es ist mir ein solches Rätsel, warum mein Sohn nicht zu solchem Liebesgeflüster mit seiner Braut imstande war? Aber er ist jung und, wie ich vermute, eher schüchtern, er muss also noch viel darüber lernen, ein Liebhaber und ein Ehemann zu sein, und das kann nur die Zeit bringen. Ich will keine Mutter sein, die sich einmischt, und hoffe, sie können das unter sich klären, und zwar bevor M'sieur le duc wirklich böse über das Verhalten der beiden wird. Ich verstehe seine Enttäuschung über Julians Hochmut völlig, aber es ist am besten, wenn er selbständig handelt, und das habe ich Renard auch gesagt.

Bitte, kommt eilends zu uns. Auch Henri-Antoine fragt nach seinem Onkel Martin. Julian könnte Euren weisen Rat brauchen, denn das wäre noch eine Stimme, die ihn zur Vernunft bringen könnte. Und Renard und ich brauchen Eure Unterstützung bei der Tortur, die mit diesem Gerichtsverfahren auf uns zu kommt. Und natürlich würde Vallentine sich ungeliebt finden, wenn ich ihn nicht necke und ihr mich dabei nicht unterstützt!

*Bon voyage, mon cher et bon ami,*
Antonia Roxton

*Der höchst ehrenwerte Marquess von Alston, Hôtel Roxton, Rue St. Honoré, Paris, Frankreich, an Mr. Martin Ellicott, Esq., Moran House, Bath Road, Avon, England.*

Hôtel Roxton, Rue St. Honoré, Paris<br>Oktober 1770

Liebster Martin, ich habe einen Sohn! Einen gesunden Jungen, der in jeder Hinsicht perfekt ist, mit einem dunklen Haarschopf und einem Paar gut funktionierender Lungen! Seine kräftigen Schreie sind eine Freude für das Ohr, selbst um vier Uhr morgens, wenn er seine Mama und seinen Papa weckt und verlangt, gefüttert zu werden. Das stört mich nicht im Geringsten und da Deb darauf bestanden hat, unseren Sohn selbst zu stillen, verbringt er die meiste Zeit bei uns im Bett, sehr zum Entsetzen von Tante Estée, die nicht verstehen kann, warum wir keine Amme angestellt haben und warum, im Namen alles Heiligen, wir einen schreienden und fordernden (ihre Worte, nicht meine) Säugling die ganze Zeit bei uns haben wollten.

Doch ich kann nicht aufhören, ihn anzuschauen. Ich bin noch ganz benommen vor Glück bei dem Gedanken, dass er mein ist und ich sein Vater bin. Ihr könnt Euch sicher vorstellen, wie mein liebster Papa sich bei dem Gedanken fühlt, dass jetzt zwei Generationen zu seiner Nachfolge vorhanden sind.

Aber lasst mich Euch sagen, dass es Deb wirklich gut geht. Sie lag lange in den Wehen, was, wie man mir sagte, bei einer ersten Schwangerschaft normal ist. Und obwohl sie mich rundheraus verfluchte und ich all das verdiente, war sie das tapferste Mädchen, das man sich vorstellen kann und erholt sich wirklich gut. Der Arzt sagte, es sei eine vergleichsweise leichte Geburt gewesen, wenn man alles bedächte, was für folgende Schwangerschaften Gutes hoffen lässt. Oh, Ihr solltet nicht mich tadeln, dass ich bereits an noch kommende Kinder denke. Es war Deb, die sehr mit sich zufrieden war und mir erzählte, was der Arzt zu ihr gesagt hatte!

Wäret Ihr schockiert zu erfahren, dass ich während dieser Qual die ganze Zeit bei Deb war? Es war eine höchst wunderbare Erfahrung. Ich war von solcher Angst erfüllt, als ihre Wehen begannen und litt Qualen, als ich ihre Schreie von der anderen Seite der Tür hörte, ohne zu wissen, was mit ihr geschah und ob sie in Gefahr wäre. Ich glaube, ich habe Löcher in den Orientteppich gelaufen!

Im Nachhinein ist es gut und schön zu wissen, dass Debs Schreie normal waren und kein Zeichen dafür, dass sie in Gefahr gewesen wäre, doch zu der Zeit fühlte ich mich völlig nutzlos und stellte mir die schrecklichsten Dinge vor, bis ich fürchtete, ohnmächtig zu werden. Und dann sagte Papa das Erstaunlichste zu mir, das ich je gehört habe. Er fragte, warum ich nicht drinnen wäre, um meiner Frau in diesen Stunden beizustehen, und ob ich die Geburt meines Sohnes nicht erleben wollte? Er hätte um nichts in der Welt die Erfahrung missen mögen, bei meiner Geburt dabei gewesen zu sein. Mein Kopf fiel mir fast von den Schultern, das kann ich Euch sagen. Ich muss ihn angestarrt haben, als hätte er zwei Köpfe und es half nur, als Mama über mich lachte und mir sagte, ich sollte aufhören, wie ein Holzblock dort herumzustehen und endlich zu Deborah hineingehen, bevor es zu spät wäre. Das war der Stoß, den ich brauchte!

Wir haben mit der Tradition gebrochen und unserem Sohn drei Namen gegeben, die nichts mit der Roxton-Seite der Familie zu tun haben. Frederick, nach Mamas Vater; George, nach Debs Vater; und Martin nach Euch, *mon parrain*. Ich hoffe, Euch gefallen die Namen unseres Sohnes ebenso gut wie uns und in der Tat Mama und Papa ebenfalls.

Frederick in den Armen seines Großvaters liegen zu sehen, lässt mir Tränen in die Augen steigen, denn Papas Gesicht nimmt dann ein gesundes Leuchten an, in seinen Augen liegt ein Funkeln und er sieht aus wie sein altes Ich. Selbstverständlich ist Mama rundheraus begeistert und sie ist eine so natürliche Mutter, dass sie bereits Fredericks feste Favoritin ist. Natürlich sind Henri-Antoine und Jack zwiegespalten, und zu sehen, wie die Jungen ihre Nasen rümpfen und einander in beiderseitigem Entsetzen anschauen, wenn Frederick zu nörgeln beginnt, als wäre Kindergeschrei so etwas wie die Pest, lässt uns alle herzlich lachen. Wie ich mir wünschte, dass Ihr hier wäret, und ich freue mich darauf, wenn Ihr zu Weihnachten zu uns nach Treat kommt und zu der Taufe.

Alle schicken die besten Grüße. Vor allem Deb bat mich, Euch von ihr zu grüßen.

*A bientôt, mon cher parrain,*
Julian

# BRIEFE ZU HERZOGIN DES HERBSTES

*Seine Gnaden, der hochedle Herzog von Roxton, Treat bei Alston, Hampshire, an den hoch ehrenwerten Marquess von Alston, Bess House, Lake Windermere, Cumbria.*

Treat
November, 1773

Mein Sohn, ich bin so stolz auf Dich, als Sohn, als Ehemann und Vater und Gentleman. Du bist der Mann, der ich in deinem Alter hätte sein sollen, aber ich habe mein Schicksal nicht vollständig angenommen, bis ich deine Mutter getroffen habe.

Du wirst ein sehr würdiger Herzog von Roxton und ein viel besserer Edelmann sein, als ich es je war. Und so sollte es auch sein. Die nächste Generation sollte immer danach streben, besser zu sein als die letzte.

Ich beglückwünsche Dich zu deiner Charakterstärke, auf eigenen Beinen stehen zu wollen. Du hast die Last, in meinem Schatten zu leben, so viele Jahre getragen, und dennoch bist Du zielsicher und mit Würde vorangeschritten, um deinem Leben deinen eigenen Stempel aufzudrücken, so, wie Du es auch mit dem Herzogtum tun wirst. Ich habe alles Vertrauen in Dich, dass Du ein Vermächtnis bewahren wirst, das bis in die Zeit der guten Königin Bess zurückreicht. Lange, nachdem Du gegangen bist, werden deine Nachkommen sich noch an Dich als einen guten und ehrenwerten Mann und einen vorbildlichen Herzog erinnern. Ich könnte mir für die Nachfolge keinen besseren Mann wünschen.

Du musst Dich nicht übermäßig über meinen Tod grämen. Du hast die Pflicht, immer in die Zukunft zu schauen. Das ist unser Los im Leben. Die unter uns, die als die ältesten geboren werden und denen große Namen und große Vermögen für zukünftige Generationen anvertraut sind, können es sich nicht leisten, trübsinnig zu sein. Wir können liebevoll zurückblicken und darauf achten, dass wir nicht die Fehler unserer Ahnen wiederholen, doch wir dürfen nie mit Bedauern zurückblicken. Es ist unsere Verantwortung und unsere Pflicht, nach vorn zu schauen, um unseren Söhnen eine bessere Zukunft zu sichern.

In Deborah bist Du mit einer guten, liebevollen und ergebenen Frau gesegnet worden. Sie hat Dir drei gute Söhne in ebenso vielen Jahren geschenkt und wird Dir noch mehr schenken, davon bin ich überzeugt. Allein aus diesen Gründen verdient sie deine Hingabe. Aber Du weißt ebenso gut wie ich, dass es in einer erfolgreichen Ehe auch eine echte Partnerschaft geben muss. Das persönliche Glück deiner Frau ist von größter Bedeutung, ebenso wie die für euch gemeinsam und als Familie aufgebrachte Zeit. Nur auf diese Weise wird deine Ehe fest bleiben und sowohl Dir als auch deinen Kindern in Zeiten von Not und Trauer helfen.

Ich habe erst spät zur Liebe und Ehe gefunden. Ich bereue mein früheres Leben nicht, doch an jedem Tag, seit ich deine Mutter geheiratet habe, habe ich nur nach vorn geschaut, nicht zurück, und jeden Tag in ein wenig Ehrfurcht vor meinem großen Glück verbracht.

Ich habe kein Bedauern, diese Erde zu verlassen, wenn Gott mich für bereit hält, in sein himmlisches Königreich einzuziehen. Ich weiß in meinem Herzen, dass ich Dich im nächsten Leben wiedersehen werde, wo ich auf Dich und meine Familie warten werde, aber vor allem auf deine Mutter, damit sie auch in der Ewigkeit bei mir ist.

Du weißt, ich könnte keinen letzten Brief schreiben, ohne sie zu erwähnen.

Deine Mutter ist die Sonne und wir nur Planeten, die um sie kreisen. Sie ist die Spenderin von Licht und Wärme und bedingungsloser Liebe. Ohne sie würden wir an einem kalten, dunklen Ort leben.

Die Ironie ist, dass Du nach meinem Tod eine Zeitlang an diesem kalten, dunklen Ort leben wirst. Deine Mutter wird unter meinem Verlust am stärksten leiden, so sehr, dass ich mich um ihren Verstand sorge. Nur an eine solche Folge zu denken, hat mich davon abgehalten, meinen letzten Atemzug zu tun, zum Erstaunen und zur Verwirrung meiner Ärzte, die nur die körperlichen Anzeichen meines Verfalls sehen, ohne zu berücksichtigen, dass mein Verstand noch widerstandsfähig und zäh ist. Er will einfach nicht auf gelehrte medizinische Meinungen hören und fährt fort, die Herrschaft über meinen Körper auszuüben, bis mein Herz oder meine Lunge oder beide nicht länger die Befehle ausführen können und ich tatsächlich aufhöre zu atmen.

Während deine Mutter einen feinen Verstand hat und imstande ist, über alle Arten intellektueller Themen, die im Allgemeinen als über den Verstand ihres schönen Geschlechts hinausgehend betrachtet werden, zu sprechen, zu streiten und zu dozieren, ist sie in Herzensangelegenheiten sehr schwach. Ich bin äußerst dankbar für ihre emotionale Schwäche. Gefühle bedeuten ihr alles und ich, der dazu erzogen wurde, meine Gefühle zum Wohle meines ehrwürdigen Standes als Lord dieses Reiches zu unterdrücken, bin jeden Tag dafür dankbar, dass sie bedingungslos liebt und so heftig und tief fühlt.

Doch dies ist kein Trost für Dich, dem es überlassen sein wird, nach meinem Dahinscheiden mit einer untröstlichen trauernden Witwe zurechtzukommen. Und weil deine Mutter jede Emotion mit solcher Intensität erlebt, wird sie geistig äußerst zerbrechlich sein. Dies wird natürlich Dich und deine Familie in jeder vorstellbaren Weise in Mitleidenschaft ziehen.

Ich wünschte um deinetwillen, dass es nicht so wäre. Doch um meinetwillen kann ich nur auf ewig dankbar sein, dass sie in mein Leben trat, als sie es tat. Wir haben zusammen mehr Jahre gelebt, als sie ohne mich gelebt hat. Seit ihrem achtzehnten Geburtstag kennt sie kein anderes Leben, keinen anderen Begleiter als mich. Ich habe sie egoistisch immer bei mir behalten. Keiner von uns hätte es anders haben wollen. Doch für sie, die bei unserer Heirat so jung war, hat es bedeutet, dass sie, obwohl sie über einen unabhängigen Willen und einen wachen Verstand verfügt, nie emotional autark sein musste. Obwohl ich dies bis zu meiner Krankheit nie für notwendig gehalten habe, denn ich hätte mir kein Leben ohne sie mehr vorstellen können.

Zu meiner großen Erleichterung und ihrer unendlichen Trauer bedeutet meine tödliche Krankheit, dass ich nie ohne sie werde leben müssen.

Doch sie muss ohne mich leben. Verstehst Du, Julian? Sie muss LEBEN. Sie muss weiterleben, und noch viele, viele Jahre. Du bist nicht der Mann, der sie dazu bringen kann, das zu verstehen, also versuche es nicht. Ich bete, dass es irgendwo einen gibt, der würdig ist, ihrer würdig, und der ihr zeigen kann, dass das Leben trotz allem lebenswert ist.

Du darfst nicht zulassen, dass deine Verantwortung für deine Mutter und ihre Trauer zu einem Mühlstein um deinen Hals werden. Auch Du musst leben — für deine Frau und deine Kinder, die bereits geborenen wie die, die noch kommen sollen. Ich weiß, dass Du und Deborah und eure Familie lange, glückliche und erfüllte Leben haben werdet, und das erfüllt mich mit Freude. Du hast mir ein friedliches Ende ermöglicht, voller Zufriedenheit und ohne Sorgen um die Zukunft. Das ist ein schönes Geschenk für einen stolzen Vater.

Verzweifle nicht, liebster Junge. Ich gehe an einen besseren Ort, wo ich willkommen und mit meinen geliebten Eltern wieder vereint sein werde. Und, wenn Gott will, wohin deine Mutter mir eines Tages folgen wird. Daran halte ich mich fest und es ist mir ein großer Trost.

Ich liebe Dich.
Dein Dich liebender Papa

*[Roxton an Antonia — sein letzter Brief. Vermutlich einige Monate vor seinem Tod in 1774 geschrieben.]*

Meine Liebste, viel zu lange habe ich es vor mir her geschoben, diesen Brief zu schreiben. Zu lange habe ich mir vorgegaukelt, dass ich es vielleicht nie würde tun müssen. Viel zu lange habe ich mir erlaubt, es für wahr zu halten, ebenso, wie Du unbeirrbar glaubtest, dass ich M'sieur le duc de Roxton bin. Als ob mein uralter Adel eine Art von Rüstung wäre, die mich, zumindest in deinen Augen, unverwüstlich machte. Ach, meine Liebste, Selbsttäuschung ist immer bittersüß.

Doch ich werde immer dankbar dafür sein, welche Konstellation der Sterne auch immer es war, die Dich — meine strahlende, elfenhafte Schönheit — in mein Leben gebracht hat. Du weißt, dass ich seit dem Tag unserer Hochzeit dein ergebenster Diener war. Nie habe ich einen weiteren Gedanken an die Jahre verschwendet, die uns altersmäßig trennen. Du bist meine Frau, meine ständige Begleiterin, meine einzige Liebe und ich bin, was ich immer war, völlig in Dich verliebt.

Jeder Tag mit Dir war wie ein Jahr zu leben und jede Stunde wie ein Tag. Ich wollte, dass unser Leben tausend Leben lang dauerte, um so viele Stunden wie möglich in deiner fröhlichen Gesellschaft verbringen zu dürfen. Du, die Du nicht nur die Liebe meines Lebens bist, sondern auch die wunderbarste Mutter für unsere Söhne — zwei feine Gentlemen, die mir eine tägliche Quelle von Stolz und Erstaunen sind. Ich hatte nie geglaubt, einmal Vater zu werden, und Vater solcher Söhne, aber es sind deine, und ich sehe Dich jeden Tag in ihnen. In ihren Eigenheiten, in ihrer Schönheit, in ihren Herzen und ihrem Verstand. Doch bei all der Zeit, die ich in ihrer Gesellschaft und der unserer Familie und Freunde verbracht habe, ist es allein die Zeit mit Dir, die ich am meisten schätze. Diese kostbaren Stunden, wenn wir nur zu zweit waren, in der Bibliothek oder halb schlafend in unserem Bett, wenn ich im Morgengrauen aufwachte und Du zufrieden in meinen Armen schliefest, überzeugten mich, dass unsere Zeit sich vielleicht endlos dehnen würde.

Unsere alljährlichen Besuche auf der Schwaneninsel hatten mich beinahe davon überzeugt. Wenn es ein Paradies auf Erden gäbe, hätten wir es auf unserer Insel gefunden, nicht wahr, *mignonne?* Wir hatten dort so unbeschwerte, glückliche Zeiten. Es erlaubte uns, die glückselige Illusion zu erschaffen, dass wir alle Zeit in der Welt hätten, und die Welt uns gehörte.

Ich dachte immer, dass mit Dir an meiner Seite alles möglich wäre, und für die längste Zeit war es das auch.

Dass ich bald mit meinen Eltern vereint sein werde, hat den Altersunterschied zwischen uns scharf heraustreten lassen und der Schmerz, mich von Dir trennen zu müssen, sitzt tief. Ich fühle ihn stärker, als Worte es ausdrücken können. Er ist weit schlimmer als jedes körperliche Unbehagen, das ich ertragen musste. Das ist alles nichts. Die Vorstellung, Dich zu verlieren, war so verheerend, dass ich mir einen egoistischen Moment lang wünschte, wir stünden uns im Alter näher, damit ich wüsste, dass die Zeit des Wartens auf Dich nur kurz sein würde.

Doch dieser Augenblick verging und mir wurde klar, dass ich mit Dir solche Freude erlebt habe, solch bedingungslose Liebe und

Hingabe, dass mein Leben weit über das hinaus, was die meisten Menschen in einem ganzen Leben erfahren oder zehn Männer in zehn Leben, gesegnet war. Und daher werde ich willig und zufrieden diese sterbliche Existenz verlassen, um meinem Schöpfer zu begegnen, und dort zu warten, bis Du zu mir kommst. Für mich wird es nur ein Wimpernschlag sein, aber für Dich ...

Diesen Brief zu schreiben, ist die schwierigste Aufgabe, die ich je auf mich genommen habe. Nicht, weil ich Schwierigkeiten hätte, meine Gefühle für Dich zum Ausdruck zu bringen, oder für das, was Du mir bedeutest, oder wie Du mein Leben in so vieler Weise bereichert hast, sondern weil ich weiß, was Du wirst ertragen müssen, nachdem ich Dich verlassen habe.

Dies wird nicht helfen, dein Leid zu lindern, doch ich sage Dir dies, weil ich es muss. Vielleicht wirst Du, wenn Tage erst zu Jahren werden, ein wenig Trost in diesen Worten finden.

Die Ironie ist, dass man, wenn der Tod kommt, den Rest seiner Zeit damit verbringt, über das Leben nachzudenken! Und für mich begann das Leben tatsächlich, als ich Dich, mit einer Kugel in deiner Schulter, in mein Haus in der Rue St Honoré trug. Bis zu dem Augenblick, wo Du von einem Schurken angeschossen wurdest, hatte ich das Leben gelebt, und nicht schlecht, doch mir war nie klargeworden, dass das Leben, das ich führte, emotional banal war. Ich hatte meine Gefühle nur immer in der oberfläch- lichsten Art und Weise gebunden. Du, meine Allerliebste, hast mir die Augen für diesen erstaunlichen Stand der Angelegen- heiten in einem einzigen Moment geöffnet, als ich glaubte, Dich für immer verloren zu haben, und damit die Gelegenheit, Dich besser kennenzulernen. Selbst da, in dem Augenblick, als ich Dich auf das Sofa legte und wir auf den Arzt warteten, war da ein Aufflackern von etwas mehr, von etwas Beunruhigendem, das ich die längste Zeit nicht bereit war, zu benennen, doch wovon Du trotz deines zarten Alters, ohne Zweifel wusstest, dass es Liebe auf den ersten Blick war. Jetzt kann ich darüber lachen und meinen Kopf schütteln über deinen unerschütterlichen Glauben, dass wir dazu bestimmt waren, zusammen zu sein und meine hartnäckige Weigerung zu erkennen, dass mein Herz in deiner Nähe schneller schlug, weil ich Dich liebte.

Ich liebe Dich immer noch und mein Herz schlägt noch immer schneller, wenn Du einen Raum betrittst, mich entdeckst und lächelst, als wäre es das erste Mal seit langer Zeit, dass wir einander sehen, wenn wir uns doch tatsächlich nur eine Stunde zuvor nach dem Diner am Tisch getrennt haben. Und wenn Du in einer Wolke aus Seide und sanftem Parfüm auf mich zu eilst, um Dich an mich zu drücken, das Kinn erhoben, um einen Kuss zu bekommen, von dem Du weißt, dass ich ihn Dir nicht verweigern kann, ganz gleich, wer noch im Raum ist, schlägt mein Herz nicht nur schneller, sondern es singt vor Freude bei dem Wissen, dass Du mich so sehr liebst.

Du, die Du mich immer verstanden und mich akzeptiert hast, so wie ich bin, mich bedingungslos geliebt hast und so innig, dass jetzt, noch als ich dies schreibe, meine Hände vor überwältigender Emotion zittert. Wie kann es sein, dass Du allein hinter meiner Arroganz den Mann sahst, der die Liebe und die Loyalität einer ehrlichen Frau wollte — nein, brauchte — einer Frau, die ihm eine sichere Zuflucht, ein Heim, bieten konnte. Du weißt, dass ich nicht von Stein und Mörtel spreche, sondern vom Herzen — deinem Herzen, mein Liebling, wo ich als höchst glücklicher und zufriedener Mann gelebt habe, genährt von der Liebe, die Du für mich hast, mehr als ein Vierteljahrhundert lang.

Und jetzt ist die Zeit für uns fast herangekommen, dass ich Dich verlassen werde — da, ich habe es aufgeschrieben — und dennoch leugne ich es noch. Mein Körper sagt mir, ich solle loslassen, mich in das Unvermeidliche ergeben, um Frieden zu finden. Ich weiß, dass ich dann an einen besseren Ort gehen, meinen Vater wiedersehen werde, den ich verlor, als ich erst zwölf Jahre alt war und meine so hingebungsvolle und liebevolle Mutter, die ich auch zu früh verloren und tief betrauert habe.

Doch mein Geist will, dass ich weitermache, und versucht, mich zu überzeugen, dass jeder weitere Tag an deiner Seite die Ewigkeit wert ist, die auf mich bei meinen Lieben erwartet. Ich will mit aller Kraft, die ich aufbringen kann, am Leben festhalten — deinetwegen. Damit Du einen Tag weniger wirst trauern müssen. Damit Du nicht die Verzweiflung und unvorstellbare Trauer erleiden musst, wenn wir auf dieser Erde getrennt sein werden.

Du sagst es nicht. Wir sprechen nicht darüber. Es ist, als ob es durch unser fortwährendes Schweigen von allein verschwinden wird. Doch ich sehe es in deinen schönen Augen — oh, wie ich diese funkelnden, smaragdgrünen Juwelen anbete — wenn Du glaubst, ich wäre abgelenkt oder schliefe. Ich habe es immer genossen, Dich in Gesprächen zu beobachten, wie Du diese wunderbare Wirkung auf andere hast. Dann erscheint ein Licht in ihren Augen, sie lächeln, und sie fühlen sich besser, nur, weil sie Zeit in deiner Gesellschaft verbracht haben. Und auch das erfüllt mich mit Freude. Du hattest immer die Gabe, andere glücklich zu machen und sie sich wohlfühlen zu lassen, und wenn sie sich von Dir verabschieden, sehe ich, dass ihre Selbstachtung gewachsen ist.

Wie kann ich Dir sagen, dass Du nicht trauern sollst? Ich weiß, das wirst Du. Eine Liebe wie unsere endet hier nicht und sollte auch nicht verleugnet werden. Wäre ich an deiner Stelle, wäre ich schon lange untröstlich, wahnsinnig vor Kummer und unfähig, mit irgendeinem Sinn für das Alltägliche zu leben. Und doch hast Du es vermocht, dein Möglichstes zu tun, um dafür zu sorgen, dass unser Leben wie gewohnt weitergeht, für mich, für unsere Söhne und unsere Familie, und Du hast dies drei unendlich lange Jahre über getan. Allein dafür werfe ich mich Dir zu Füßen, demütig vor deiner Charakterstärke und Geduld.

Worum ich Dich bitte, mein kostbarster Liebling, ist, dass Du, wenn ich meine Augen zum letzten Mal schließe, diese Charakterstärke nutzt, um weiterzuleben. Wie soll ich auf Dich warten, wenn ich weiß, dass Du in Elend und Verzweiflung lebst, weil mein Leiden und mein Alter mich Dir nahmen, bevor Du bereit warst, von mir verlassen zu werden? Du weißt, dass ich darauf warten werde, dass Du mir folgst, und dass wir dann die Ewigkeit zusammen haben werden. Also werden diese wenigen kurzen Jahre der Trennung nichts mehr zu bedeuten haben. Daher vergeude sie nicht damit, um mich zu trauern. Du musst leben, für unsere Söhne und unsere Enkel, die Dich alle brauchen.

Und wenn Du keine Tränen mehr zu vergießen hast, möchte ich, dass Du Dich für den Gedanken öffnest, von einem anderen geliebt zu werden und ihn zu lieben. Und obwohl dieser törichte alte Satyr von einer unvernünftigen Eifersucht ergriffen wird beim bloßen Gedanken, diese Schönheit in den Armen eines anderen zu wissen, bitte ich Dich, Dir einen Liebhaber zu nehmen. Du meine Herzensfreude bist ein sinnliches Geschöpf, das jede Aufmerksamkeit verdient, die ein guter Liebhaber Dir gewähren kann. Ich wage sogar zu hoffen, dass Du einen anderen finden könntest, den Du lieben kannst. Jemanden, der Dich zu schätzen weiß und mit Dir lacht. Jemanden, mit dem Du Dich unter die Decken kuscheln und dort zufrieden liegen kannst.

Um deiner selbst willen, meine Allerliebste, bitte lebe und liebe, wie wir gelebt und geliebt haben, im Kreise unserer Familie und Freunde, mit Dir als Mittelpunkt von allem.

Ich sage Dir nicht *adieu*, sondern *au revoir*. Ich werde dein Lieblingssofa vorbereiten, die Steine auf dem Backgammonbrett zwischen uns aufstellen und dort sitzen, prachtvoll in schwarzem Samt und Seide, mit meinem Augenglas spielen und geduldig darauf warten, dass Du zu mir kommst — für die Ewigkeit.

Renard

[*Tagebucheintrag von Antonia Roxton. Tagebucheinträge waren mehrere Monate nur sporadisch, daher ist dieser Eintrag nicht datiert. Die Heirat der Roxtons fand im Februar 1746 statt, daher dürfte dieser Eintrag aus dem Februar 1776 stammen.*]

<u>Unser dreißigster Hochzeitstag</u>

Heute ist unser 30. Hochzeitstag und es scheint erst gestern gewesen zu sein, dass ich Dich zum ersten Mal im Prinzenhof von Versailles beobachtet habe, ausgezogen bis auf die Hemdsärmel, was in der Tat sehr skandalös war. Oh, aber ich konnte die Augen nicht von Dir abwenden, und da wusste ich, so sicher, wie jeden Morgen die Sonne aufgeht, dass wir dazu bestimmt waren, den Rest unseres Lebens gemeinsam zu verbringen. Ja, jetzt lächelst Du und nickst zustimmend, doch es gab eine Zeit, als Du ebenso skeptisch warst wie alle anderen, doch das will ich Dir nicht vorhalten! Habe ich nicht immer gesagt, dass man auf das Herz hören muss? Es ist ein sehr entschlossenes Organ, und wenn es um Liebe geht, wird sich das Herz jedes Mal gegen den Verstand durchsetzen. Die Argumente anderer bedeuten nichts, denn war es nicht Boileau, der sagte, dass der Beweis für den Pudding im Verzehr liegt? Und welchen wundervoll schmackhaften Pudding unsere Ehe abgibt!

Ich habe meine Damen das Kleid *à la Turque* herauslegen lassen, in dem Du mich am liebsten siehst, in dem sanften Muschelrosa, bestickt mit Goldfäden, und dazu die passenden Seidenschühchen, die diese kleinen goldenen Quasten haben. Ich trug es zum Ball des osmanischen Botschafters und Du sagtest, Du fürchtetest, ich könnte für seinen Harem entführt werden und dass Du mir vielleicht besser verbieten solltest, ein so anziehendes Kleid in der Öffentlichkeit zu tragen. Ich tat so, als wäre ich böse, weil Du meinen Plan entlarvt hattest, mich in den Harem des Botschafters einzuschleichen und dort zu lernen, was die Frauen dort den ganzen Tag von männlicher Gesellschaft abgeschnitten tun. Ich erinnere mich auch, wie Du es auf dem Ball wagtest, dein Augenglas auf den Botschafter zu richten, als er uns über unseren Besuch in Konstantinopel befragte.

Du starrtest Seine Exzellenz von oben bis unten an, als ob der arme Mann wirklich wünschte, mich zu entführen! Ich musste mich beherrschen, nicht zu kichern, weil er sehr nervös wurde, als er so durch dein vergrößertes Auge gemustert wurde und auf seiner Stirn bildeten sich Schweißperlen. Doch das hätte auch von seinem schweren Seidenturban verursacht worden sein können, der Vallentine zu der Bemerkung veranlasste, der Botschafter sähe aus wie ein Brotlaib mit einer übergroßen Kruste. Ich verstehe noch immer nicht, wie Leute so von Dir eingeschüchtert sein können, wenn ich doch sehe, dass Du es nur liebst, sie zu necken, und dann möchte ich hinter meinem Fächer nur kichern! Ich glaube, M'sieur le duc, Du hast deine Berufung verfehlt und hättest zur Bühne gehen sollen. Obwohl, Du hattest immer Publikum, ohne einer Theaterbühne für deine Darstellungen zu bedürfen, nicht wahr?

Julians und Debs Kleine gedeihen. Ich war im letzten Monat ein oder zwei Mal im großen Haus zu Besuch, und sie lachen zu hören, wenn sie im Garten herumrennen, ist eine Freude. Ja, ich weiß, ich sollte sie öfter besuchen, doch Julian mag es nicht, wenn sie mit diesem dummen, trübsinnigen Geschöpf auf Französisch plaudern, das einmal ihre Großmutter war. Er möchte, dass sie als englische Kinder aufwachsen und daher diese Sprache als erste sprechen und nicht die erste Sprache ihrer Großeltern. Ich weiß, dass Du ihm zustimmst, also brauche ich mich über diesen Punkt weder mit ihm noch mit Dir zu streiten.

Oh, ich vergaß fast zu erwähnen, dass zu Ehren unseres Jubiläums Cornelia Scipio vor drei Tagen einen zweiten Wurf Welpen beschert hat. Drei braun-weiße Hündinnen und zwei schwarzbraune Hunde, alle sind gesund. Ich habe Martin einen als Gesellschaft für seine Delilah versprochen, die neun Jahre alt und leicht gebrechlich geworden ist. Ich denke, ein Welpe wird ihren Schwanz wieder zum Wedeln bringen und auch Martin etwas, oder sollte ich sagen, jemanden, geben, auf den er seine Sorgen konzentrieren kann, außer auf mich. Um die Wahrheit zu sagen, ich war was Martin angeht, sehr feige und kann nicht ertragen, ihm gegenüber zu treten, seit Du ohne mich fortgegangen bist.

Warum? Warum hast Du mich so zurückgelassen? Warum bin ich in diesem Haus, allein? Ich existiere, aber ich bin nicht hier, ja? Ich esse, ohne etwas zu schmecken. Ich trinke, ohne zu wissen, ob ich Durst habe. Ich schlafe ein und hoffe, dass der Tag nur ein Traum ist. Ich hoffe wider alle Vernunft, wenn ich meinen Kopf auf das Kissen lege, dass ich aus diesem Albtraum aufwachen werde und Du da liegen wirst, schlafend, neben mir, und ich werde Dir von meinen dummen Ängsten erzählen und Du wirst mich in den Arm nehmen und sie fortküssen. Mein Kopf schmerzt und mein Herz tut so weh, als ob ich eine große Last in meiner Brust trüge und es ist mir gleichgültig, ob mein Herz stehenbleibt. Ich starre aus dem Fenster auf den See und denke, heute ist der Tag, an dem ich auf den Steg hinausgehen werde, und weiter, durch das Schilf bis in die Mitte des Wassers, meine Röcke werden vom Wasser mit jedem schleppenden Schritt schwerer, bis ich nicht mehr fähig bin, meine Beine zu bewegen und das Wasser geht mir bis zum Kinn und dann will ich meine Augen schließen, meinen Mund öffnen und das Wasser wird hereinströmen ....

Ich bin fortgegangen und habe mein Gesicht gewaschen und Michelle hat mir eine Tasse Kaffee gemacht, sodass ich jetzt wieder ich selbst bin. Ich habe den letzten Absatz gelesen und es tut mir leid. Alles davon ist natürlich wahr, doch ich bitte Dich um Verzeihung, dass ich gerade an diesem Tag so trübsinnig bin. Ich werde versuchen, nicht so einfältig egoistisch zu sein und so lächerliche Dinge zu sagen, weil ich weiß, dass es Dich und Vallentine und Estée verärgert, wenn ihr seht, dass ich nicht ich selbst bin. Habe ich Euch allen erzählt, dass es mich sehr freut, dass Ihr drei jetzt wieder zusammen seid? Doch natürlich macht mich das auch traurig, weil Ihr ohne mich zusammen seid!

Es ist gut, dass ich mich auf meinen Besuch im Mausoleum freuen kann. Ich werde Scipio mitbringen, damit Du sehen kannst, wie gut es Deinem Jungen geht und welch stolzer Vater er ist. Natürlich werde ich die Welpen, wenn sie größer sind, auch mitbringen, damit Du sie sehen kannst, und zuschauen kannst, wie sie herumlaufen, dann können wir entscheiden, welchen Martin bekommen soll.

Glücklichen Hochzeitstag, mein Liebling.

*Ihre Gnaden, die hochedle Herzogin von Roxton, Treat bei Alston, Hampshire, an die hoch ehrenwerte Lady Mary Cavendish, Abbeywood bei Bisley, Gloucestershire.*

Treat bei Alston, Hampshire<br>Mai, 1776

Liebste Mary, ich habe über Deinem Brief, in dem Du uns Dein Beileid über den Verlust, den Julian und ich kürzlich erlitten haben, eine Träne vergossen. Natürlich hast Du recht und ich bin jeden Tag dankbar dafür, vier fröhliche, gesunde Kinder zu haben. Ich denke, es war doppelt traurig wegen des Zeitpunkts, an dem es geschah, und weil es meine erste Fehlgeburt war, und auch, weil die Nachricht von einem neuen Baby bei allen die Stimmung verbessert, und Du weißt, dass wir seit dem Tod M'sieur le ducs vor zwei Jahren sehr betrübt sind.

Das traurige Ereignis kommt uns vor, als wäre es erst gestern gewesen und Julian hat Momente, wo er in einem Nebel des Kummers herumzugehen scheint. Gott sei Dank für die Kinder, die ihn — nein, uns beide — mit beiden Füßen auf der Erde und beschäftigt halten und uns davor bewahren, in solche tiefe Melancholie zu verfallen, wie seine Mutter sie erleidet. Wir sind entschlossen, so glücklich zu sein, wie wir können, um ihretwillen, und sie helfen uns, nach vorn zu schauen und nicht zurück.

Du wirst Dich erinnern, dass die kleine Juliana erste gerade geboren und noch keinen Monat alt war, als M'sieur le duc starb. Louis und Gus erinnern sich auch nicht an ihn. Am traurigsten ist mein Frederick, der mir davon erzählt, wie er auf dem seidenbedeckten Knie seines Großvaters saß und dieser ihm vorlas oder ihm Geschichten über den alten König von Frankreich erzählte. Doch was für Frederick noch viel schlimmer ist, ist der traurige Zustand seiner Großmutter, was ihn zu einem sehr verwirrten kleinen Jungen gemacht hat. Sie ist gar nicht mehr die Großmutter, an die er sich erinnert und ich weiß, dass ihn das verstört, obwohl er erst sechs Jahre alt ist. Er ist älter als seine Jahre, was für ihn sehr schade ist.

Ich habe immer noch Augenblicke, wo ich über den enormen Einfluss staune, den mein Schwiegervater auf alle, die in seine Nähe kamen, ausübte, nicht zuletzt in seiner Familie. Du weißt das so gut wie jeder andere, Mary, nachdem Du seit Deiner Geburt mit ihm aufgewachsen bist. In der Tat trieb deine liebevolle Erinnerung daran, wie er Dich gelehrt hat, Backgammon zu spielen, als Du zwölf Jahre alt warst und Deinen eigenen Vater unter traumatischen Umständen verloren hattest, mir die Tränen in die Augen. Du hast mit solcher Zuneigung über ihn geschrieben, dass ich, wenn ich nicht während der wenigen, kurzen Jahre das Privileg gehabt hätte, ihn als meinen Schwiegervater zu kennen, es nicht für möglich gehalten hätte, dass Du über denselben Edelmann schriebst, der in der Öffentlichkeit ein völlig anderes Gesicht hatte als das, welches er seiner Familie zeigte.

Während ich in seiner Gesellschaft nie völlig unbefangen war, konnte ich mich doch etwas entspannen, wenn die gesamte Familie versammelt war, denn ich konnte an ihrem Verhalten und ihren Gesprächen sehen, dass sie ihn alle bedingungslos liebten. Seine Familie bedeutete ihm alles. Er betete sie an und sie beteten ihn an.

Was ich dabei faszinierend finde, ist, dass mein Schwiegervater die Verkörperung des arroganten Adligen war. Er sah abschätzig auf die hinab, die er für charakterlich minderwertig hielt, und hatte immer einen Hauch der Erwartung, wenn er sprach, dass alle zuhören sollten und sein Wort Gesetz wäre. Er tat das bei seiner Familie ebenso, und es gab Zeiten, in denen er mich vor Furcht zittern ließ, vor allem, wenn er seinen Blick auf jemand richtete und diese Art an sich hatte, als ob er diesen einfach durchschauen könnte, als ob dessen Worte, ja, seine bloße Anwesenheit für ihn völlig ohne Interesse wäre. Zum Glück hat mich ein solcher Blick nie getroffen. Er war sehr sparsam mit Worten, als ob mehr als nötig zu sprechen, eine Anstrengung bedeutete, die er nicht auf sich nehmen wollte. Natürlich wurde solche Stille stets von Maman-Herzogin gefüllt und er war immer glücklich, wenn sie das tat.

Ich danke Dir auch für Deine freundliche Einladung an Maman-Herzogin, Dich zu besuchen, doch die Wahrheit ist, dass sie für niemanden geeignete Gesellschaft ist und man sie am besten ihrem untröstlichen Kummer im Witwensitz überlässt. Julian besucht sie, wann immer er kann, gibt mir gegenüber aber zu, dass er sich fragt, warum er das tut, denn sie bemerkt ihn fast nicht und sagt kaum zwei Worte.

Bitte behalten das alles für Dich, liebe Mary, Julian würde es mir nicht danken, dass ich sein Vertrauen missbrauche, doch ich muss mich jemandem in der Familie anvertrauen, sonst würde ich mit Sicherheit selbst verrückt! Also bitte, ich flehe Dich an, schließe meine Briefe stets weg, und eines Tages, wenn ich Dich darum bitte, verbrenne sie alle.

Was ich Dir jetzt erzähle, habe ich noch niemand anderem erzählt.

Julian hat einen Arzt herbeigerufen, der sich auf verwirrten Verstand spezialisiert hat, um seine Mutter zu untersuchen und zu behandeln. Er glaubt, wir hätten seine Dienste schon viel früher in Anspruch nehmen sollen, als wir zuerst Berichte über ihre seltsamen Gewohnheiten erhielten. Mary, bitte, Du darfst niemandem etwas darüber sagen. Doch glaube mir, wenn ich Dir sage, dass Maman-Herzogin sich angewöhnt hat, mit der Marmorstatue zu reden, die oben auf M'sieur le ducs Grab steht. Sie besucht das Mausoleum täglich, nimmt Blumen und Bücher mit und sitzt den ganzen Tag dort, um mit dem alten Herzog zu sprechen, als würde er noch leben und ihr Geplauder beantworten.

Ich habe dieses erschreckende Verhalten nicht selbst gesehen, Julian auch nicht, doch es wurde uns aus verschiedenen Quellen berichtet, daher muss es wahr sein. Was Julian zuerst auf die Möglichkeit aufmerksam machte, dass seine Mutter sich weigert zu glauben, dass ihr Mann wirklich tot ist, ist ihre Art, nie in der Vergangenheitsform über M'sieur le Duc, oder, wie sie ihn manchmal nennt, Monseigneur, zu sprechen. Sie spricht, als wäre er noch am Leben. In der Tat tut sie das auch, wenn sie von Lord und Lady Vallentine spricht. Ich weiß kaum, was ich dann zur Antwort sagen soll und wenn sie eine Bemerkung macht, dass sie M'sieur le duc dies oder jenes erzählen will, wenn sie nach Hause geht, braucht es all meine Selbstbeherrschung, um ruhig zu bleiben.

Es bricht mir das Herz und erschreckt mich, denn es hat Julian zu dieser Maßnahme getrieben, einen medizinischen Spezialisten herbeizurufen. Ich hoffe nur, dass er imstande ist, ihr zu helfen, bevor es zu spät ist und sie endgültig weggesperrt werden muss. Diese unvorstellbare Möglichkeit ist zwischen Julian und mir nie erwähnt worden, also bitte, noch einmal, dies muss unbedingt unter uns beiden bleiben.

Natürlich gilt unsere andere Sorge Henri-Antoine, der von seiner trauernden Mutter völlig vernachlässigt wird, sodass es für ihn ebenso ist, als hätte er beide Eltern verloren, nicht nur seinen Vater. Es erstaunt mich zu denken, dass hier eine Mutter ist, die von seiner Geburt an bis zum Alter von zwölf Jahren jeden wachen Moment ihres Sohnes beobachtet hat, verzehrt von der Sorge wegen der Anfälle, die er aufgrund seiner Fallsucht hatte, und in dem Augenblick, als M'sieur le duc starb, schien es, als wäre damit auch ihr Interesse an ihrem jüngeren Sohn gestorben. Denn sie hat nicht nach ihm gefragt, ist nicht in seiner Nähe gewesen, hat nicht Dr. Bailey kommen lassen, um sich nach seiner Gesundheit zu erkundigen oder auch nur Julian nach seinem Wohlergehen befragt. Soweit es sie angeht — und ich bin hier sehr grausam, aber ich bin wütend — hätte er an einem dieser Anfälle sterben können und sie hätte eine solche Tragödie nicht einmal bemerkt.

Wie kann sie mit einem Wimpernschlag so gefühllos geworden sein? Was muss der arme Junge denken, dass er seinen Vater und seine Mutter verloren hat, die ihn jeden Tag seines Lebens auf das Liebesvollste umsorgt haben? Natürlich lastet die Bürde seiner Betreuung jetzt auch auf Julian. Nicht, dass er oder wir es als Last sehen, wir lieben Harry (wie wir ihn lieber nennen), ebenso, wie wir unsere eigenen Kinder lieben, doch ich mache mir Sorgen um den Zustand seines jungen Geistes. Zum Glück waren seine Anfälle in letzter Zeit nicht so heftig oder so häufig und Gott sei Dank hat er Jack!

Den lieben, zuverlässigen Jack, der über Harry wacht und ihn wie einen Bruder liebt. Trotzdem macht Julian sich Sorgen um die Zukunft, doch er beruhigt sich damit, dass die Jungen ihre Zeit in Eton genießen, obwohl Bailey immer nur einen Schritt hinter ihnen ist. Jedoch glaube ich, dass die Brüder eine Art Abkommen getroffen haben, was die Zukunft des guten Doktors angeht, da

Harry und Jack in weit besserer Laune zur Schule aufbrachen und mit einem verschwörerischen Nicken an den Herzog gewandt, von dem sie hofften, ich würde es nicht bemerken! Ich gedenke herauszufinden, was genau da vor sich geht, wenn ich einen freien Moment habe.

Du wirst ernsthaft über mein Angebot nachdenken, dass Teddy und Du einen Monat bei uns verbringen, wenn es Dir gefällt, ja? Ich weiß, dass ich kein besonders rosiges Bild unseres Lebens hier in Treat male, doch es ist weit besser hier zu sein, als zu lesen, wie ich es in einem meiner deprimierten Briefe beschreiben.

Ich bin mir völlig bewusst, dass jetzt ein Jahr seit Geralds Tod vergangen ist, und Du daher die Trauer abgelegt hast, oder doch beinahe. Da das Anwesen in den fähigen Händen seines Verwalters ist und Julian mit Mr. Bryces Fähigkeiten auf diesem Gebiet sehr zufrieden ist, kannst Du es Dir leisten, Abbeywood zu verlassen und uns zu besuchen. Sicher wird Mr. Bryce Teddy erlauben, ihre Cousins zu besuchen. Was Teddy angeht, muss sie sicher dringend Gesellschaft und neue Umgebung benötigen, ebenso wie ihre Mama. Also ziehe bitte unser Angebot ernsthaft in Betracht und wende Dich gleich an Mr. Bryce. Er kann doch nicht so hartherzig sein, indem er Teddy nicht erlaubt, Abbeywood zu verlassen, es auch Dir zu verbieten, denn ich weiß, dass Du ohne sie nicht von dort fortgehen wirst!

Die Kinder helfen uns immer, uns auf das Wesentliche zu konzentrieren, und sie heitern unsere Stimmung auf, sodass wir Tage verbringen können, ohne über die Vergangenheit zu sprechen, und dein Kommen würde solche glücklichen Zeiten nur vermehren. Es wäre sicher auch gut für Teddy, mit ihren jüngeren Cousins zusammen zu sein, und ich bin sicher, sie würde Juliana gerne bemuttern, die in jeder Hinsicht eine echte Prinzessin ist.

Ich höre, dass die Kinder in den Garten zurückgekehrt sind, nachdem sie unten am See ihre Boote gesegelt haben, und ich werde diesen Brief abschließen, damit er gesiegelt und mit der Post des Herzogs an diesem Nachmittag hinausgehen kann. Wenn ich mehr zu schreiben habe, wird das mit der nächsten Post sein, zwei Wochen, nachdem Du dies erhalten hast.

Ich erwarte, in der nächsten Post das Datum Deiner Ankunft zu finden.

Alles Liebe,
Deborah

*Mr. Christopher Bryce, auf Abbeywood über Bisley, Gloucestershire, an Seine Gnaden, den hochedlen Herzog von Roxton, Treat bei Alston, Hampshire.*

Abbeywood bei Bisley, Gloucestershire
August, 1776

Mylord Herzog,

Ich hoffe, dieser Brief findet Euch und Eure Familie bei bester Gesundheit vor.

Da ich mich nicht zu belangloser Plauderei eigne und nicht wünsche, Tinte zu verwenden, um Eure kostbare Zeit zu verschwenden, will ich gleich zur Sache kommen.

Ihr findet beiliegend den üblichen Bericht, den ich wie immer Eurem Sekretär, Mr. Audley, anvertraue, um ihn Euer Gnaden zu übermitteln. Ich hoffe, dass Ihr alles ebenso befriedigend finden werdet wie Mr. Audley selbst, als er sich niederließ, um Kontenbücher und Korrespondenz dazu über dieses Anwesen zu prüfen.

Ich habe nichts dagegen einzuwenden, Euer Gnaden über alles Bericht zu erstatten, denn das gehörte zu den Bedingungen in Sir Geralds Testament. Wir sind durch dieses Dokument als Mitvollstrecker verpflichtet und ich noch mehr als Verwalter, bis Sir John großjährig wird und ebenso als Vormund des einzigen Kindes meines Nachbarn, Theodora. Ich möchte mich jedoch weiterhin aufs Schärfste dagegen verwahren, dass es notwendig sein soll, Mr. Audley persönlich nach Gloucestershire reisen zu lassen, um in Eurem Auftrag die Bücher zu prüfen, wenn eine so belastende Aufgabe leicht von einem angestellten Mittelsmann aus Circencester oder Bath erledigt und bestätigt werden könnte.

Es ist nicht meine Sache, mich zu fragen, wie Euer Gnaden in der Lage sind, Eure täglichen Aufgaben für Euren Besitz ohne d Mr. Audleys fachmännische Hilfe an sieben Tagen in jedem Quartal zu erledigen.

Doch ich frage mich, ob Ihr meine Fähigkeiten für so gering erachtet, dass Ihr unbedingt Euren Sekretär schicken müsst, um mir über die Schulter zu schauen. Oder liegt vielleicht ein tieferer Zweck darin, Mr. Audley als Eure Augen und Ohren handeln zu lassen, den Ihr mir nicht zu offenbaren wünscht? Denn dies, Euer Gnaden, ist die einzige Schlussfolgerung, die ich ziehen kann, nachdem ich ein Jahr lang die vierteljährlichen Besuche Eures Sekretärs toleriert habe.

Ihr sagt, die Dinge hätten sich seit dem Tod Sir Geralds nicht geändert. Dass Mr. Audley bereits zuvor in Eurem Auftrag regelmäßige Besuche in Abbeywood und aus ähnlichen Gründen machte. Ich muss zugeben, dass zu Lebzeiten meines Nachbarn dieser es seinen Bedürfnissen erlaubte, sein Einkommen bei Weitem zu übersteigen und dass der Besitz hoch mit Hypotheken belastet war. Daher war Sir Gerald gezwungen, sich Eurer Forderung, seine Geschäfte überwachen zu lassen, zu fügen, oder sich dem sehr realen Risiko auszusetzen, dass Euer Gnaden die beträchtlichen Kredite, die Ihr ihm gewährt habt, um das das Gut rentabel zu halten, zurückfordern könnte. Durch den vorzeitigen Tod meines Nachbarn und meine darauffolgende Arbeit als Verwalter hat sich der Zustand des Besitzes deutlich gebessert, so sehr, dass bereits ein Drittel der Schulden bezahlt sind. Und so frage ich Euch daher erneut, Herzog, warum es notwendig sein soll, dass Mr. Audley seine Besuche fortsetzt? Sie sind nicht erforderlich und sie sind ganz gewiss nicht erwünscht.

Um es unverblümt zu sagen, ich mag den Mann nicht. Seine Anwesenheit stört die tägliche Routine, nicht nur auf dem Gut, sondern auch im Haushalt. Lady Mary ist verpflichtet, ihn als Gast zu behandeln, und ich bin verpflichtet, ihr dies zu erlauben. Er hat ein Benehmen, das über seinen Stand hinaus geht und weil er in Eurem Auftrag herkommt, verhält er sich, als ob er selbst ein Herzog wäre, der zu uns kommt. Obwohl ich zugeben muss, noch nie einen Herzog getroffen zu haben, daher wüsste ich es nicht, wenn ich über einen stolpern sollte. Ich will damit Euch gegenüber nicht respektlos sein, Euer Gnaden, aber ich bin immer für offene Worte und da wir gemeinsam Testamentsvollstrecker sind, behandele ich Euch von gleich zu gleich, mit Höflichkeit und Aufrichtigkeit, nicht mehr, aber auch nicht weniger.

Ihr habt erneut die Frage der Vormundschaft über Sir Geralds einziges Kind angesprochen und dass Ihr und Eure liebe Herzogin Lady Marys Segen hättet, Theodora auf Eurem Besitz zusammen mit Euren Kindern aufwachsen zu lassen. Ihr habt das Gefühl, lasst mich aus Eurem Brief zitieren: ‚Theodora würde als mein Mündel unter ihren Verwandten die Erziehung erhalten, die sie verdient und es würde ihr an nichts fehlen.'

Dies ist alles gut und schön, was Ihr wünscht, doch nicht, was Sir Gerald wollte. In der Tat wisst Ihr ebenso gut wie ich, dass das Testament meines Cousins das ausdrückliche Verbot beinhaltet, sein einziges Kind unter den Verwandten seiner Frau aufwachsen zu lassen. Er gab nicht an, warum, doch seine Worte in dieser Angelegenheit sind nachdrücklich, und während ich über seine

Gründe spekulieren könnte, werde ich das nicht tun und Ihr solltet es auch nicht. Ich kann nicht erklären, was in Sir Geralds Gedanken vorging, als er einen Mann, der nie verheiratet war und der kinderlos ist als besten Vormund für ein achtjähriges Kind, noch dazu ein Mädchen, bestimmte. Sir Gerald hat seine Tochter meiner Obhut anvertraut bis sie heiratet oder fünfundzwanzig wird, was immer zuerst eintritt, und so will ich meine Pflicht ihm und ihr gegenüber erfüllen. Es wäre für alle Beteiligten am besten, vor allem aber für Theodora, wenn dieses Thema nun ganz fallen gelassen würde. Ich werde meine Meinung diesbezüglich nicht ändern und Lady Mary weiß das.

Was Theodoras Zukunft angeht, bitte ich — nein, verlange ich, wie es mein Recht als ihr Vormund ist — dass Ihr es in Zukunft unterlasst, Lady Mary um ihren Segen zu bitten, das Kind aus meiner Obhut zu entfernen. Nicht nur ist ein solcher Segen wertlos, da ich in dieser Angelegenheit keinen Schritt weiche, sondern Ihr habt ihr, indem Ihr Euch an Lady Mary gewandt habt, zweifellos unnötige Sorgen verursacht. Natürlich würde sie gern Eurer Bitte nachkommen — ich bezweifle, dass je jemand Euch etwas abgeschlagen hat — doch sie kennt meine Ansichten und ist daher natürlich zwischen Euren Bitten und meiner Sturheit hin und her gerissen. Gäbe sie ihren Segen zu Eurer Fürsorge für ihre Tochter, wäre das nur Verschwendung und Wunschdenken.

Im gleichen Brief wart Ihr offen genug, um deutlich Eure Bedenken wegen des Wohls und Wohlergehens von Lady Mary zu äußern. Erlaubt mir, diese Höflichkeit zu erwidern. Da Lady Mary Theodoras Mutter ist und solange das Kind seine Mutter braucht, kann Lady Mary weiter Abbeywood als ihr Heim betrachten. Als solche wird ihr jede Höflichkeit erwiesen, und das nicht etwa, wie Ihr, wie ich sicher bin, es von mir wünschen würdet, als Tochter eines Earls und Cousine eines herzoglichen Hauses. Mir ist wohl bewusst, dass Sir Gerald dazu neigte, mit den hochgestellten Verwandten seiner Frau zu prahlen und seine Gespräche mit Bezügen auf seine hohen Verbindungen zu schmücken, doch unter meiner Verwaltung ist Abbeywood ein funktionierender Gutshof. Und da gibt es keinen Platz für solche Vorstellungen und ich habe auch keine Zeit dafür.

Was das Thema von Lady Mary und Eurem großzügigen Vorschlag anbetrifft, ihr Nadelgeld zu ergänzen, sodass es ihrem Stand entspräche, muss ich wieder in ihrem Namen ablehnen. Bitte unterbreitet mir diesen Vorschlag nicht erneut, denn ich würde ihn erneut ablehnen, was zweifellos für einen Edelmann wie Euch peinlich wäre, da Ihr bedingungslosen Gehorsam erwartet. Und nur, damit Ihr Euch dessen bewusst seid, ich habe es Lady Mary deutlich gemacht, dass sie, wenn sie eine solche Zulage von Euch annähme, sie ebenso gut Euer Angebot, bei Euch und Eurer guten Herzogin zu wohnen, annehmen könnte, doch ihre Tochter bleibt hier bei mir.

Ich bemühe mich nicht um Eure gute Meinung oder wünsche sie auch nur, Euer Gnaden. Ich bedarf auch Eurer Protektion nicht. Ich bin ein freier Mann und gedenke das auch zu bleiben. Dies heißt nicht, dass wir nicht höflich zueinander sein könnten und nach den gleichen Zielen streben. Ich habe zwei: Dass Theodora zu einer wohlerzogenen, glücklichen jungen Frau aufwächst; und dass der Erbe von Abbeywood, John Cavendish, an seinem einundzwanzigsten Geburtstag einen Besitz erbt, der seiner Abstammung würdig ist und es ihm erlaubt, als Gentleman zu leben. Ich bin sicher, dass Euer Gnaden nicht weniger wünscht.

Ich verbleibe Euer Gnaden ergebener Diener,
Christopher Bryce, Esq.

*Der ehrenwerte Charles Fitzstuart, St. James's Mews, Westminster, London, an den sehr ehrenwerten Major Lord Fitzstuart, Fitzstuart Hall bei Denham, Buckinghamshire.*

St. James's Mews, Westminster
May 1777

Liebster Bruder, wenn Du dies liest, bin ich mit Sarah-Jane Strang nach Frankreich geflüchtet. Ich werde sie entführt haben, obwohl ich hoffe, vor unserer Abreise den Segen ihres Vaters für ihre Entführung zu erhalten. Du bist überhaupt nicht überrascht, nicht wahr? Ich kann Dich von hier aus laut lachen hören, Dair! Du schüttelst den Kopf und fragst Dich, warum ich so lange brauchte, den Mut zu beidem zu finden.

Du wusstest schon lange, nicht wahr, dass meine politischen Neigungen und mein Gewissen allein der Sache der Rebellen in den Kolonien gehörten und doch hast Du nie ein Wort gegen mich gesagt. Du hättest mich in der Tat bei Shrewsbury als Spion und Verräter anzeigen können, aber das hast Du nicht! Dafür, dass Du mich nie einmal auch nur ausgefragt hast, bin ich Dir tausendmal dankbar.

Du, der König und Vaterland so zutiefst treu bist, der Leben und Gesundheit hundert Mal für beide riskiert hat, der Männer in die Schlacht geführt hat (eine blutige Angelegenheit) — und ich habe Mr. Farrier einige von euren gemeinsamen Abenteuern erzählen hören — Du bist für so viele ein Held, und auch für mich, Deinen kleinen Bruder. Doch Du kannst mich nicht für etwas anderes als einen verräterischen Hund halten, und ich kann Dir das nicht übelnehmen.

Was auch immer Du über mich denkst, Du musst wissen, dass ich Dich immer aufrichtig und ergebenst lieben und bewundern werde. Niemand könnte sich einen besseren, einen ehrenhafteren großen Bruder wünschen. Und ich werde der erste sein, der sein Glas zum Toast auf Dich erhebt, wenn Du endlich zum Earl wirst, was nicht weniger ist, als Du verdienst. Ich kümmere mich nicht darum, was andere von Dir denken, dass sie Dich einen arroganten Prahlhans und leichtsinnigen Kerl nennen oder dass meine republikanischen Gefühle nicht zu deinen royalistischen Prinzipien passen, Du bist mein Fleisch und Blut, Du bist mein Bruder und mein Herz weiß, welch guter und anständiger Mann Du bist. Ich bin stolz darauf, jedem zu sagen, der fragt, dass mein großer Bruder ein edler Mann ist, nicht nur durch Geburt, sondern auch durch Wort und Tat.

Und hast Du mir nicht etwas Gutes getan, indem Du mir den Stoß gabst, den ich brauchte, um mich Miss Strang gegenüber zu erklären? Weil Du vermutetest, dass ich mich in mein liebes Herz verliebt hatte? Du hast so viel größere Erfahrung mit Frauen und kennst Deinen kleinen Bruder so gut, dass ich sicher bin, es hat nicht viele Minuten in unserer Gesellschaft gebracht, um meine Gefühle für sie zu entdecken!

Ich kann es Dir jetzt gestehen und muss meinen Kopf voller Scham senken, dass ich Qualen ausgestanden hatte bei dem Gedanken, Du könntest wegen ihres beträchtlichen Erbes ein Auge auf Miss Strang geworfen haben. Jetzt habe ich erkannt, dass Du als mein großer Bruder versuchtest, sicher zu gehen, dass Ihre Gefühle für mich echt wären und sie die meinen erwidert. Sarah-Jane hat es mir gesagt und war nicht wenig empört, dass Du sie für eine launische Frau hättest halten können! Doch sie hat Dir verziehen und bittet nun wiederum Dich um Vergebung.

Wir beabsichtigen, uns in der Stadt Versailles niederzulassen und ich werde eine Stellung als Dolmetscher und Übersetzer bei Mr. Benjamin Franklin antreten. Dies ist in der Tat eine Ehre, wie Cousine Herzogin bestätigen wird, da sie eine äußerst hohe Meinung von Mr. Franklins Verstand, wenn auch nicht von seiner politischen Einstellung hat! Ich hoffe, Dich eines Tages so stolz auf mich zu machen, wie ich es auf Dich bin, liebster Bruder. Ich habe vor, jeden Tag diesem Bestreben zu widmen.

Bitte grüße Mutter und Mary von mir. Ich vermute, Du knirschst schon mit den Zähnen bei der Aussicht, Mutter mein Verhalten erklären zu müssen, doch vielleicht wird eher ihre melodramatische Reaktion auf die Neuigkeit, dass ich die Tochter eines Nabobs heirate, die verheerendere sein und sie wird in Schluchzen ausbrechen und sich auf ihr Lager werfen. Ja, ich stehe tief in deiner Schuld.

Habe auf Mary und ihre Situation ein Auge. Sie ist jetzt Witwe und gut, dass sie ihren pompösen Ehemann los ist, der ihrer weder im Charakter noch im Stand würdig war — ich weiß, ich habe tapfer aufgeschrieben, was wir beide von dieser Ehe hielten, aber keiner von uns war damals in einem Alter oder einer Lage, etwas dagegen zu unternehmen, nicht wahr? Jetzt zumindest kannst Du das tun. Wieder lastet alles auf deinen Schultern, die breit genug sind, um die Last der Familie zu tragen.

Ich habe an Vater geschrieben, ihm meine Neuigkeiten mitgeteilt. Ich weiß, dass Dir dies weniger als nichts bedeutet, doch es ist eine Höflichkeit, zu der ich mich verpflichtet fühlte. Betrachte es als etwas, das Du nun nicht erledigen musst. Damit habe ich Dir eine Pflicht abgenommen!

Schreibe, wann und wenn Du es kannst. Du wirst mir fehlen.

Bis wir uns wiedersehen, und das werden wir.

Dein Dich liebender Bruder,
Charlie

*Mr. Jonathon Strang Leven, c/o Lawson and Gower Chambers, Gray's Inn Road, London, an die ehrenwerte Mrs. Charles Fitzstuart, c/o dem ehrenwerten Charles Fitzstuart, 21 Rue Du Peintre Lebrun, Versailles, Frankreich.*

c/o Lawson and Gower Chambers, Gray's Inn Road, London
May 1777

Liebste Sarah-Jane, ich hinterlasse diese wenigen Seiten bei Mme la duchesse, damit sie nach meiner Abreise nach Schottland zur Post gegeben werden können. Ich wollte nicht, dass dieser Brief vielleicht schneller ist als Du und ankommst, bevor Du Zeit hattest, Dich in deinem neuen Heim in Versailles und Deiner neuen Rolle als Ehefrau einzuleben.

Ich weiß, dass Du und Charles zusammen glücklich sein werdet. Er ist ein guter Mann und wird ein großartiger Ehemann werden. Deine schwierigste Aufgabe als Ehefrau wird es sein, ihn aus seiner großen Ernsthaftigkeit herauszureißen, damit er gelegentlich im Leben etwas zum Lachen findet und vielleicht einen Augenblick um seiner selbst willen genießen kann, statt immer an das große Ganze zu denken. Doch, das wird er Dir selbst erklären, er verändert die Geschichte und das zum Besten der Mehrheit. Er wird als Sekretär und Dolmetsch für Mr. Franklin in viele politische Intrigen verstrickt werden. Ich beneide ihn nicht um die schwere Last der Verantwortung, die auf seinen jungen Schultern liegen wird, um Mr. Franklins Argumente seiner französischen Majestät zu übermitteln, und zu erklären, warum dieser die Rebellen unterstützen sollte, denn das wird zum Krieg mit England führen. Und Krieg ist nie etwas Gutes, für keine Seite.

Ich habe es Dir oft genug gesagt, aber jetzt werde ich es noch einmal schwarz auf weiß festhalten, wie stolz ich auf Dich bin, als meine Tochter und als Frau an sich. Ich bin auch stolz auf mich, darauf, wie gut ich Dich erzogen habe, denn deine Mutter wäre sicher stolz auf mich! Dein Papa muss Dich immer necken, nicht wahr, mein liebstes Mädchen?

Lass mich noch ein wenig ernst bleiben und Dir sagen, dass ich heute Abend mit Mme la duchesse ins Theater gehe und morgen früh wird diese Neuigkeit sich in der ganzen Stadt herumgesprochen haben, dass wir ein Liebespaar sind und das ist die Wahrheit. Du weißt, dass es so ist und vermutlich hat sie es Dir selbst gesagt, als ihr vor deiner Abreise eure private Unterhaltung hattet. Sie ist immer aufrichtig. Also kann es Dich nicht schockieren, das hier zu lesen. Aber wir sind mehr als nur ein Liebespaar, viel mehr. Wir sind Seelenverwandte. Das glaube ich von ganzem Herzen.

Ich liebe Antonia Roxton und habe sie geliebt, seit ich sie zum ersten Mal erblickte. In der Nacht des Osterballs auf Treat ist etwas mit mir geschehen, das ich nicht erklären kann. Ich wusste einfach von jenem Augenblick an, dass ich bei ihr sein musste, dass ich für sie sterben würde, wenn es nötig wäre, dass sie die einzige Frau ist, mit der ich den Rest meines Lebens verbringen möchte. Ich habe Dir dies bei zahlreichen Gelegenheiten zu erklären versucht, und zuerst wolltest Du deinem Papa nicht zuhören. Ich versuchte zu verstehen, warum Du es nicht konntest, und dachte mir, dass deine Jugend und Unerfahrenheit dafür verantwortlich sein müssten, aber vielleicht warst Du auch ein wenig eifersüchtig, dass dein Papa so verliebt ist?

Jetzt bist Du verheiratet und deine Augen sind für die Liebe in all ihren Formen geöffnet und Du wirst wiedergeliebt, jetzt kannst Du sehen, dass es unmöglich ist, das Herz so zu verstehen wie den Verstand. Daher ist es am besten, dem Herzen ohne Protest zu folgen. Ich weiß, es macht Dir Sorgen, dass ich eine Frau liebe, die ein Jahrzehnt älter ist als ich. Doch Alter ist nur eine Zahl. Wie alt wir sind, hängt mehr davon ab, wie wir uns verhalten, wie wir Dinge verstehen und was wir empfinden. Wenn Du Deinen Verstand und nicht Dein Herz benutzen würdest, den Mann, den Du liebst und geheiratet hast, zu beurteilen, würdest Du ihn mit Sicherheit anders sehen, vielleicht so, wie andere hier ihn betrachten — als einen Mann, der Verrat begangen hat, indem er den Rebellen Geheimnisse über die britischen Kriegsanstrengungen in den Kolonien zukommen ließ. Doch das ist nicht so, wie Dein Herz ihn sieht. Dein Herz sagt Dir, dass er ein Mann von Überzeugung ist, mit Zielen, der an eine höhere Berufung glaubt, der tut, was er für das Richtige hält und das Gerechte für die amerikanischen Kolonien, und deshalb gehört ihm dein Respekt und Deine Liebe. Und er liebt Dich.

Antonia Roxton liebt mich. Dessen bin ich mir so sicher, wie dass der Himmel blau und das Gras grün ist. Ich beabsichtige, sie zu heiraten, bevor ich nach Norden gehe. Ich bin zudem völlig davon überzeugt, dass unsere Ehe mit Kindern gesegnet sein wird. Also musst Du Dir nicht länger um deinen Papa Sorgen machen, denn er wird nie wieder einsam sein. Und Du kannst sicher sehr froh sein, dass er nach Norden reiten wird, um sein Schicksal auf sich zu nehmen. Sehr widerwillig, wie Du weißt, doch ich muss es tun. Du magst einen Republikaner geheiratet haben, aber das sollte Dich nicht weniger stolz machen, dass dein Papa ein schottischer Herzog geworden ist.

Und daher, mein blonder Engel, wird dies der letzte Brief sein, den ich mit meinem eigenen Namen abschicke, und aus London. Ich werde Dir Nachricht von nördlich der Grenze schicken, wenn ich in Edinburgh ankomme. Von dort wirst Du einen Brief von Seiner Gnaden, dem hochedlen Herzog von Kinross erhalten, gesiegelt mit dem herzoglichen Wappen. Verbirg Deine Freude nicht vor Charles. Wenn ich den jungen Mann nur ein wenig kenne, wird er ebenso erfreut sein wie Du, zu erfahren, dass es seinen Schwiegervater gut geht und er wohlauf ist. Und natürlich wird er überglücklich sein, wenn Du ihm erzählst, dass seine Cousine jetzt die Herzogin von Kinross ist und daher seine Schwiegermutter. Ach, welch komplizierte Leben wir führen.

Tue Deinem Papa einen Gefallen und schreibe an meine neue Herzogin und gib unserer Ehe Deinen Segen. Ich habe sie davon überzeugt, dass Du sie mit der Zeit liebgewinnen wirst und dennoch, wer könnte sie für ihre Befürchtungen tadeln, vor allem weil ihr sehr bewusst ist, wie sehr ich Dich liebe und wieviel Wert ich auf Deine gute Meinung lege? Ich weiß, dass Charles es tun wird, aber sie wird erst innerlich ruhig sein, wenn sie Deinen Segen in Deiner eigenen Handschrift liest, ganz gleich, was Charles in Deinem Namen schreiben könnte. Hier ist mein Dank im Voraus, gesiegelt mit einem Kuss.

Ich freue mich darauf, all deine Neuigkeiten aus Frankreich zu hören und wie Dein Französischunterricht fortschreitet. Ich vertraue darauf, dass Mrs. Spencer sich als gute Gesellschaft erweisen wird und dass Ihr beide das schöne Frühlingswetter genießt. Richte meinem Schwiegersohn meine Grüße aus und wenn Charles mir schreiben möchte, wäre es mir eine Ehre.

Jetzt ist es Zeit, dass ich mich für das Theater ankleide und dort meine zukünftigen Verwandten treffe, meinen anderen Stiefsohn, genauer gesagt! Seine Gnaden von Roxton hat dort eine Loge und

Dein Papa kann es nicht erwarten, die Gesichtszüge dieses Edelmannes zu sehen, wenn ich meinen Platz neben seiner göttlichen Mama einnehme. Ich kann schon jetzt sagen, dass das neue Stück des armen Dick Sheridan zur Nebensache werden wird im Vergleich zu dem, was sich unter dem adligen Publikum abspielt. Ja, jetzt hörst Du Deinen unartigen Papa seine Hände schadenfroh reiben! Bis später, aus Schottland.

Liebe und beste Grüße,
Dein Dich liebender Papa
J S L

[*Tagebucheintrag von Antonia Roxton.*]

Freitag, 9. Mai 1777

<u>Der Morgen nach der Premiere von Sheridans *School for Scandal*</u>

Renard, ich habe gestern Abend ein wunderbares Stück gesehen. *School for Scandal* von Richard Sheridan. Ich sage voraus, dass es Erfolg haben wird, es ist sehr witzig. Ich habe Dir alles darüber bei meinen Besuchen erzählt, bevor ich nach London kam. Ich war hin und her gerissen, ob ich zu der Vorstellung gehen sollte, weil ich ohne Dich nie mehr im Theater war. Aber Jonathon hat mich überzeugt und ich wollte so gerne sehen, ob die Schauspieler Sheridans Geschriebenem gerecht werden würden. Natürlich gab es zu viel Lärm und Geschwätz, und viele Augen waren auf mich gerichtet, doch ich versuchte, mich nicht davon stören zu lassen, so wie Du es immer getan hast. Mein Fächer half, aber ich muss zugeben, dass Dein Augenglas eine weit besser gewählte Waffe ist, um die Menge bei derart öffentlichen Anlässen in Schach zu halten.

Julian war dort, mit Deb, und Martin war auch bei ihnen. Die Jungen saßen bei uns und in der Pause kam Julian zu unserer Loge herüber, mit Martin an seinem Arm. Martin lehnte sich schwerer als sonst auf seinen Stock, weil er beim Aussteigen aus seiner Kutsche gestürzt war. Es ist nichts, worüber Du Dir Sorgen machen müsstest, die Prellung wird in kürzester Zeit heilen.

Ach, aber Renard, ich wünschte, Du hättest Julians Gesicht sehen können, als ich Martin Jonathon vorstellte! Jonathon schüttelte Martin herzlich die Hand, als wären sie alte Freunde, und bemerkte dann, dass es gut sei, endlich den anderen Mann in Antonias Leben kennenzulernen! Oh ja! Das hat Jonathon gesagt! Ist das zu glauben? *Incroyable,* nicht wahr? Ich musste nach Luft schnappen und klopfte ihm dann mit dem Fächer auf die Knöchel für diese Frechheit. Und was machte er? Er lachte und nahm mir den Fächer ab und fasste mich verspielt unters Kinn. Und das vor zweihundert Augenpaaren! Der arme Julian bekam vor Verlegenheit kaum Luft. Martin stand wie gebannt, und weil er so viele Jahre mit Dir verbracht hat, tat er, was Du in solchen gesellschaftlich heiklen Situationen immer tust, er sagte nichts. Nichts! Doch ich kenne euch beide und weiß, dass Du immer deine Augen für Dich sprechen lässt. Und das tat Martin auch. Daher sah ich das Leuchten in seinen Augen und auch ein Lächeln. Er wagte es sogar, richtig zu lächeln, als er sich abwandte, um mit Henri-Antoine zu sprechen. Der arme Julian wusste nicht, wohin er blicken oder was er angesichts solch unge-wöhnlichen Verhaltens sagen sollen. Er tat mir ein wenig leid, denn es muss für ihn so unangenehm sein, in Gegenwart des Liebhabers seiner Mutter zu sein, vor allem, da dieser Mann nicht viel älter ist als er selbst. Es half jedoch, das Eis zu brechen, glaube ich, als wir ihm sagten, dass Deborah von ihrer Loge aus winkte und er drehte sich um und entspannte sich ein wenig. Und dann war die Pause vorbei und sie gingen zu ihren Plätzen zurück.

Martin wohnt bei Julian und Deborah und am Morgen werden sie alle zu der Zeremonie zu uns kommen. Ich freue mich so sehr, dass er zu dieser Gelegenheit hier ist. Es wird Julian helfen, sich damit abzufinden, und er wird das Gefühl haben, wenigstens eine Verbündete im Raum zu haben, denn Deborah billigt Jonathan auch, so wie alle anderen.

Henri-Antoine und Jack bleiben nach der Zeremonie eine Woche bei mir und kehren dann nach Oxford zurück, um dort weiter zu studieren. Sie haben es mir versprochen und ich werde sie beim Wort nehmen. Henri-Antoine ist sehr intelligent, aber er versucht, es zu verbergen, ich glaube, Jack zuliebe. Nicht, dass Jack nicht intelligent wäre. Aber Henri-Antoine hat einen so scharfen Verstand und eine Auffassungsgabe, die für jemanden seines Alters selten ist. Er versteht sich auch gut auf Sprachen, wie Du, und kann ohne Zögern zwischen Englisch und Französisch wechseln. Er hört Jonathan auf Englisch und mir auf Französisch zu und antwortet in unseren jeweiligen Sprachen. Es ist höchst ungewöhnlich, aber wir tun das nicht oft, weil Jack in Sprachen nicht so begabt ist. Aber wer ist das schon?

Ich wusste immer, dass unser Sohn Dein Ebenbild ist, habe ich es Dir nicht gesagt? Und je älter er wird und je mehr er sich zum Mann entwickelt, desto offensichtlicher wird diese Ähnlichkeit, was Dich erfreuen sollte. Ich kann nicht leugnen, dass es mir manchmal einen Stich ins Herz versetzt, ihn zu sehen und zu hören. Mehr als einmal habe ich mich beim Klang seiner Stimme umgedreht und erwartet, dass Du, mein Liebster, dort stündest. Unser jüngerer Sohn sitzt sogar wie Du, schweigend und aufmerksam, und macht sich immer ein Bild von der Situation, bevor er in der Öffentlichkeit etwas sagt. Und genau wie Du, wenn er hinter verschlossenen Türen mit denen ist, die er wirklich liebt und sich völlig wohl fühlt, verändert er sich und ist entspannt und lächelt. Er liebt Scharaden und hat ein ansteckendes Lachen — was, wie ich hinzufügen möchte, die einzigen Eigenschaften sind, die er von seiner Mama geerbt zu haben scheint! Oh, und vielleicht seine Liebe zum Lesen — es ist, als wärest Du wieder unter uns ... Wenn man ihn lachen hört! Es ist wirklich Musik für meine Ohren. Und er ist glücklich — ich glaube, weil seine Mama endlich wieder ins Land der Lebenden und zu ihm zurückgekommen ist. Ich habe ihn so sehr vermisst und er mich.

Doch ich habe Dir die verblüffendste Neuigkeit noch nicht erzählt! Die Anfälle von Fallsucht sind so sehr zurückgegangen, dass Bailey ihm nicht länger wie ein Schatten folgt und das bereits seit zwei Jahren. Ich kann es selbst kaum glauben, Renard, doch Henri-Antoine versichert mir, dass es so ist, und dass der letzte Anfall, den er erlitten hat, vor ungefähr zwölf Monaten war und auch nur ein leichter. Dies macht mich sehr glücklich und ich wollte meinen kleinen Jungen umarmen und küssen und gleichzeitig die ganze Zeit weinen. Natürlich habe ich das nicht getan, denn welcher Junge, der bald sechzehn wird, möchte, dass seine Mutter sich vor seinem besten Freund wie eine Verrückte aufführt? Obwohl ich glaube, Jack hätte das nicht das Geringste ausgemacht. Also kannst Du jetzt aufhören, Dich zu sorgen und ich werde das vielleicht auch tun. Obwohl ich immer noch nicht glauben kann, dass die Fallsucht ihn wirklich verlassen hat. Doch Jonathon sagt, Jack wird immer ein Auge auf Henri-Antoine haben, daher werden wir es ihm überlassen, uns zu berichten, ob es eine Veränderung gibt.

Ich muss zugeben, weil ich weiß, dass es Dich überhaupt nicht stören wird und auch Julian darüber froh ist, dass Henri-Antoine Jonathon wirklich gern mag und Jonathon ihn auch. Es ist ein schöner Anblick, die beiden zusammen zu sehen, entspannt und in ein Gespräch vertieft, als würden sie sich schon kennen, seit Henri-Antoine ein kleiner Junge war. Doch ich glaube, das ist Jonathons Gabe, die Menschen sich durch seinen angenehmen Charme wohlfühlen zu lassen. Genau wie Vallentine das tat, wenn auch Vallentine in seinem Auftreten etwas zerstreuter war.

Wie ich meinen Freund vermisse. Doch er ist bei Dir und Madame und daher bin ich ein wenig eifersüchtig, weil Ihr drei einander habt und mich hier alleingelassen habt. Und weil ich so furchtbar allein gewesen bin — nein! Das ist jetzt nicht mehr wahr. Aber ich habe mir nicht diesen Mann als Liebhaber genommen, nur, um meine Einsamkeit zu beenden, sondern, weil ich ihn liebe. Ich liebe ihn, Renard, und ich hatte nicht geglaubt, dass ich jemals so für einen anderen Mann als Dich empfinden könnte. Doch ich kann mein eigenes Herz nicht belügen, nicht wahr? Oder Dich. Da, nun habe ich alles gestanden und es steht hier schwarz auf weiß in meinem Tagebuch und ich werde es Dir persönlich sagen, wenn ich Dich das nächste Mal besuche. Doch Du hast mich gedrängt, zu leben und wieder zu lieben, und obwohl ich es nie für möglich gehalten hätte, geschah es ohne meinen Willen oder mein Zutun.

Oh! Bitte verzeih, dass ich es Dir nicht früher gesagt habe. Ich habe Jonathons Heiratsantrag angenommen; er hat mich so viele Male gefragt, dass ich es nicht mehr zählen kann. Er liebt mich wirklich, obwohl er weiß, wenn er mich heiratet, muss er mich doch auf ewig mit Dir teilen. *Mon dieu,* ich habe diesen Satz gerade noch einmal gelesen und er hört sich wirklich verrucht an. Ha! Belassen wir es dabei, denn es ist wahr. Jonathon muss mich mit Dir teilen, denn ohne Dich bin ich nicht ganz.

Das wolltest Du die ganze Zeit für mich, nicht wahr, mein Liebster? Und ich wollte nicht auf Dich hören — ich konnte es noch nicht. Ich konnte mir ein Leben ohne Dich nicht vorstellen und, um die Wahrheit zu sagen, es gibt noch immer Momente, wenn ich ein wenig benommen bin, dass ich nicht glauben kann, dass Du nicht gleich durch die Tür zu mir hereinkommen wirst. Doch da ich lebe und atme, weiß ich, dass ich mehr tun muss, als nur zu existieren. Denn wie sollte ich Dir sonst eines Tages gegenübertreten können, und Dich schimpfen hören, weil ich das

Leben, das mir blieb, vergeudet habe? Wenn der Tag kommt, an dem wir für immer vereint sein werden, wird es ein so frohes Ereignis sein und ich werde mich mit ganzem Herzen darauf freuen, aber vorläufig bin ich hier und heute Morgen werden ich heiraten und ein neues Kapitel in meinem Leben beginnen.

Daher unterschreibe ich diesen Brief an Dich, mein Herzallerliebster, als Herzogin von Roxton, aber zum letzten Mal, bis ich wieder mit Dir vereint bin. Bis dahin werde ich die Herzogin von Kinross sein, wenn ich Dir gegenüber sitze, und ich weiß, dass Dir das sehr gefallen wird.

*Au revoir,* mein Liebster,
Antonia, Herzogin von Roxton

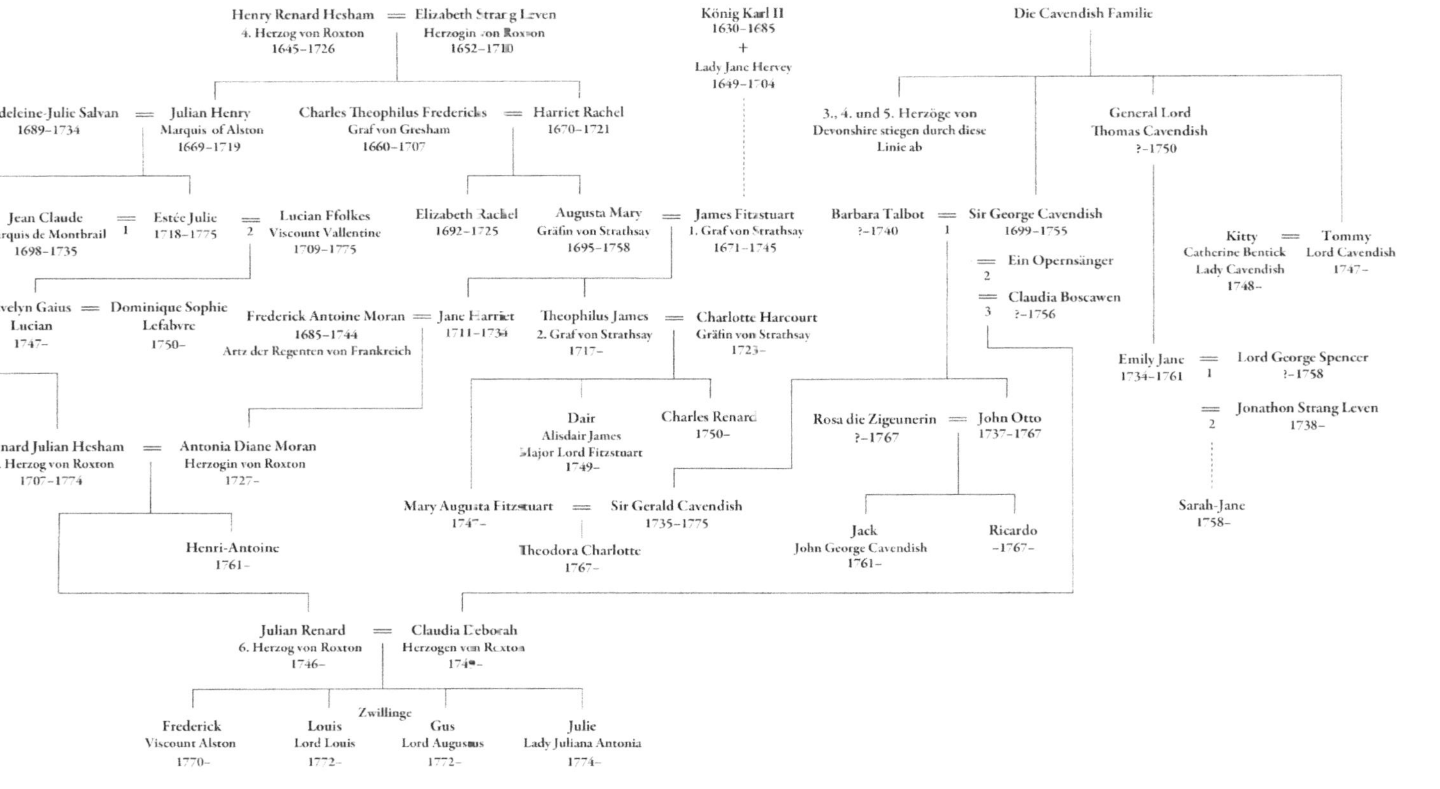
Die Cavendish Familie

Henry Renard Hesham
4. Herzog von Roxton
1645–1726
= Elizabeth Strang Leven
Herzogin von Roxton
1652–1710

König Karl II
1630–1685
+
Lady Jane Hervey
1649–1704

3., 4. und 5. Herzöge von Devonshire stiegen durch diese Linie ab

General Lord
Thomas Cavendish
?–1750

Madeleine-Julie Salvan
1689–1734
= Julian Henry
Marquis of Alston
1669–1719

Charles Theophilus Fredericks
Graf von Gresham
1660–1707
= Harriet Rachel
1670–1721

Jean Claude
Marquis de Montbrail
1698–1735
= 1 Estée Julie
1718–1775
= 2 Lucian Ffolkes
Viscount Vallentine
1709–1775

Elizabeth Rachel
1692–1725

Augusta Mary
Gräfin von Strathsay
1695–1758
= James Fitzstuart
1. Graf von Strathsay
1671–1745

Barbara Talbot
?–1740
= 1 Sir George Cavendish
1699–1755
= 2 Ein Opernsänger
= 3 Claudia Boscawen
?–1756

Kitty
Catherine Bentick
Lady Cavendish
1748–
= Tommy
Lord Cavendish
1747–

Evelyn Gaius
Lucian
1747–
= Dominique Sophie
Lefabvre
1750–

Frederick Antoine Moran
1685–1744
Artz der Regenten von Frankreich
= Jane Harriet
1711–1734

Theophilus James
2. Graf von Strathsay
1717–
= Charlotte Harcourt
Gräfin von Strathsay
1723–

Emily Jane
1734–1761
= 1 Lord George Spencer
?–1758
= 2 Jonathon Strang Leven
1738–

Renard Julian Hesham
5. Herzog von Roxton
1707–1774
= Antonia Diane Moran
Herzogin von Roxton
1727–

Dair
Alisdair James
Major Lord Fitzstuart
1749–

Charles Renard
1750–

Rosa die Zigeunerin
?–1767
= John Otto
1737–1767

Sarah-Jane
1758–

Mary Augusta Fitzstuart
1747–
= Sir Gerald Cavendish
1735–1775

Henri-Antoine
1761–

Theodora Charlotte
1767–

Jack
John George Cavendish
1761–

Ricardo
–1767–

Julian Renard
6. Herzog von Roxton
1746–
= Claudia Deborah
Herzogen von Roxton
1746–

Zwillinge

Frederick
Viscount Alston
1770–

Louis
Lord Louis
1772–

Gus
Lord Augustus
1772–

Julie
Lady Juliana Antonia
1774–

Erkunden Sie die Orte, Dinge und Geschichte im Zusammenhang mit
*In Liebe* auf Pinterest. *www.pinterest.com/lucindabrant*

*Vorschau auf das nächste Buch*